Scéalta Nollag

Scéalta Nollag

Alan Titley

*Leabhair*COMHAR

ISBN: 978-1-7395129-3-4

*Leabhair*COMHAR

Foilsithe ag *Leabhair*COMHAR
(inphrionta de COMHAR,
47 Sráid Harrington,
Baile Átha Cliath 8)
comhar.ie/leabhair

Tá *Leabhair*COMHAR faoi chomaoin ag:

An Chomhairle Ealaíon

agus Clár na Leabhar Gaeilge (Foras na Gaeilge)

Foras na Gaeilge

as tacaíocht airgeadais a chur ar fáil.

Cóipeagarthóir: Fidelma Ní Ghallchobhair
Dearadh agus clóchur: Anú Design
Clódóirí: Johnswood Press

Foilsíodh formhór na scéalta seo seachas 'Lá Breithe' i gcolúin de chuid an
údair san *Irish Times* idir 2003 agus 2024.

*Do mo dheartháir dil
Brian
A thuigfidh.*

Clár

Réamhrá   ix

Gángarnach an Asail   1

Íosa ag Gol   4

Go Leor   7

An Ceapaire   11

An Teicheadh   15

An Ceathrú Rí   19

An Fear Sneachta   23

Amach ar an mBóthar   27

I mBolg an Éisc   30

Bás na Bó   34

Focail Gan Choinne   38

Cuimhne an Asail   42

Bealach Eile   45

An Rogha 49

Gan Aon tSlí… 53

Tuí agus Ór 56

Santa agus an Saol Nua 60

Ag an gCrosbhóthar 64

Bronntanas Lofa 67

An Tost á Scagadh 70

Lucht Siúil 74

Féiríní na Féile 77

Fís, Fís Eile 80

Ar Bhur Slí Amach… 84

An Stábla 87

Malairt Scéil 91

An Nollaig ar Feadh na Bliana 94

Lá Breithe 98

Réamhrá

Is de thimpist a thosnaigh mé ar na scéalta Nollag seo a
scríobh. Is amhlaidh nuair a bhíos ag obair i gColáiste
Phádraig, Droim Conrach, go n-iarrtaí ar bhaill den
fhoireann teagaisc aitheasc beag a thabhairt ag aifreann
na féile sa choláiste. Aifreann dheireadh an téarma a
bhíodh ann, mic léinn agus foireann i láthair, an méid
díobh ar theastaigh uathu dul ann.

Iarradh ormsa 'píosa cainte' a dhéanamh agus de cheal
taithí ar sheanmóirí a thabhairt ná an fonn sin a bheith
orm, b'éigean dom cleas eile a tharraingt chugam féin.
Bhíos riamh faoi dhraíocht agus faoi uafás ag scéal sin
soiscéil Mhatha (2: 16) nuair a thuairiscítear gur tháinig
fearg ar Héaród nuair a mheall na 'draoithe' é agus gur
'chuir sé amach a lucht airm agus gur mhairbh sé a raibh
de mhacaibh dhá bhliain, nó faoina bhun i mBeithil agus
sna triúcha go léir a bhain léi'. Rith sé riamh liom nach
raibh an scéal seo fíor, ach go bhféadfadh a bheith, agus
is as sin a tháinig an smaoineamh don scéal 'Íosa ag Gol'.
Níl a fhios agam conas mar a ghlac an lucht éisteachta

leis, ní áirím an sagart naofa a d'iarr orm an chaint a thabhairt, ach is cinnte nár tugadh aon bhualadh bos dom mar a dhéanfaí ag aithris filíochta.

Ina dhiaidh sin, nuair a chromas ar alt seachtainiúil a scríobh don *Irish Times* sa bhliain 2003 tháinig sé áiseach dom um thráth na Nollag scéal ar an gcuma sin a cheapadh. Ní hé go dtéann den cholúnaí rialta ábhar a bheith aige, nó níor tharla sin domsa fós, ach uaireanta is fearr casadh a bhaint as rud éigin nár triaileadh roimhe sin, sa chás seo, scéal a insint seachas áiteamh a dhéanamh.

Mar a tharla d'oir sin go binn dom, mar buaileadh isteach im aigne gur féidir adhmad a bhaint as scéal sin na Nollag sa Nua-Thiomna chun fairsinge mhór nithe a rá. Tá de bhuntáiste aige, gan amhras, go bhfuil sé ar eolas ag cách, nó smeareolas éigin air má tá cónaí ort in áit ar bith ina bhfuil, nó ina raibh, an Chríostaíocht i réim. I leataobh ón duine a rachadh i bhfolach i bpluais ar feadh míonna fada na bliana tar éis an fhómhair ní fhéadfaí éalú uaidh.

Go deimhin deimhnitheach féin, tá seans ann gurb é seo an scéal is mó atá ar eolas ag daoine a tháinig faoi anáil an iarthair le blianta fada anuas. Tá ar chártaí Nollag, ar mhangaisíní na féile, i mbeithilíní, i dtithe agus i mórchathracha, ar fhuinneoga séipéal, tá le cloisint in amhráin agus in iomainn agus i nathanna coitianta an lae. San ardealaín, tá pictiúir ag Botticelli, Giotto, Filippo Lippi, Michaelangelo, Leonardo da Vinci, tá ar bhallaí na gcatacóm ó thús na Críostaíochta, ar altóracha ardeaglaisí thoir is thiar, ar lámhscríbhinní maisithe, Leabhar Ceannannais seo againn féin san áireamh. Mar adúirt mé, níl aon éalú uaidh.

Chuige sin, áis iontach é mar scéal le nithe eile a chrochadh air is a fhadú as. Ní hé go bhfuil gach rud ann, ach tá go leor le bheith ag marana air: taisteal, díbirt, breith, carthanacht, sprionlaitheacht, gnó, marú, adhradh, ainmhithe, ríogacht, bochtaineacht, fáilte, easpa fáilte, biogóideacht, fáistine, réalteolas, bréaga, geallúintí, stair, leithscéalta agus pé rud eile is mian leat a oireann. Bhí sé furasta go leor saol níos fairsinge a thógáil ar na habairtí beaga fánacha sin ar dócha gur cuireadh isteach déanach go leor iad san insint más fíor don scoláireacht.

Ach tá an Nollaig eile ann, leis. Nollaig a thosnaigh le smaoineamh álainn as béaloideas agus as naomhsheanchas na nDúitseach de réir insinte amháin, nó ar ábhar a bhain le hÓidin dar le daoine eile, nó ar scéilíní as oirthear na hEorpa, nó go díreach as croí an duine go dtabharfaí bronntanais agus féiríní do pháistí agus do bhochtáin ag an tráth sin bliana. As an smaoineamh simplí sin tá féile mhór tomhaltóireachta agus rabairne éirithe aníos, féile a bhíodh teoranta do na laethanta timpeall ar dheireadh na bliana, ach anois a shíneann siar isteach san fhómhar agus atá ag bagairt ar chuid den samhradh a shlogadh hólas bólas chomh maith. Comhartha é ar bharraíocht bhorrtha an domhain shaibhir, ar dhéithe ramhra murtallacha ollphlobánta an chaipitleachais ag gabháil lastuas ar fad den seanscéal faoin oíche úd i mBeithil, cé go bhfuil go leor den dá insint breá sásta luí síos go socair le chéile. Is túisce anois go gcloisfí gángarnach páiste nach bhfuair sé nó sí an deideighe is déanaí maidin lae Nollag seachas gángarnach asail ar bhóthar ag iompar máthar agus linbh ar a mhuin agus iad ar a dteicheadh ag lorg tearmainn ó shaint na cumhachta agus na héagóra.

Scéal ábhar níos faide is ea 'Lá Breithe' ná na cinn ghearra eile. Duine ar bith a fuair tógáil Chríostaí de shaghas ar bith beidh sé eolach ar shleachta móra den Tiomna Nua go fiú is má bhí sé ag imirt mirlíní ar chúl an ranga cuid mhaith den am. Ach an oiread le scéal na Nollag, beidh codanna de ginte ann. Agus is maith go mbeadh, mar an té atá aineolach glan ar na soiscéalta beidh sé chomh haineolach céanna ar an gcuid is mó de litríocht, d'fhealsúnacht, d'ealaín, de mhachnamh, de chóras smaointeoireachta na hEorpa agus na gcodanna den domhan ar leag sí a spága orthu. Sin aineolas mór.

Déanaim féin iarracht chóir éigin ar eolas a chur ar reiligiúin eile, Ioslam go háirithe, mar tá gach aon tseans ann go mbeidh níos mó de lucht leanúna aige laistigh de chúpla glúin ná a bhfuil de Chríostaithe is d'iarChríostaithe ar an saol anois. Ach Hiondúchas chomh maith, cé go gcuirfeadh líon a ndéithe mearbhall ar an té a mbeadh cur amach aige ar na déithe Ceilteacha, Lochlannacha, Slavacha, Astacacha, Bambarnacha agus Bambairniúla arna gcur le chéile gan a sinsir a chur san áireamh in aon chor. Ach téann díom. Ní féidir liom dul faoina gcraiceann. Go fiú is dá n-iompóinn scun scan agus na rúibricí agus na deasghnátha go léir a ghlacadh isteach im chroí ní éireodh liom tiontú ar aon chreideamh eile ar aon chúis amháin: an óige.

Rugadh agus tógadh mar Chaitliceach mé agus mar sin níl aon dul as agam. Táim admhálach ann dá mba gur rugadh agus gur tógadh san Éigipt mé gur dócha gur Moslamach a bheadh ionam agus Ali mar ainm. Is fíor nach foláir do chraos a oscailt agus mórán ollscéalta a shlogadh siar d'fhonn a bheith dílis do chreideamh ar bith, ach sin an díol fiach nach mór a íoc d'fhonn a bheith beo laistigh de scamall dioscúrsa atá timpeall agus anuas ort mar cheo draíochta agus mar bhrat daíochta. Nach gcaithfeá a bheith i do bhrealsún cruthanta, i do ghraoisín gaofar, i do chlogadán cruachloiginn, i do dhrúth domheabhrach géilleadh go lánmhar béal na gclár d'fhealsúnacht, do theoiric, d'idé-eolaíocht, do dhioscúrsa, do chreideamh daonna de shaghas ar bith lena bhfuil d'aineolas binn againn? Cuid den luach saothair a fhaigheann tú i gcás na Críostaíochta, áfach, ná aithne theimhneach de shaghas éigin a chur ar dhuine de na pearsana is mó tábhacht in eachtra an domhain go dtí seo.

Insíonn an scríbhneoir Chinua Achebe mar gheall ar a athair a bhí ina nua-iompaitheach chun na Críostaíochta agus an dícheall a dhein sé uncail leis a thabhairt chun an chreidimh. Dhiúltaigh an t-uncail don mhealladh nó don chathú agus b'é freagra a fuair sé uaidh agus na suaitheantais ghradaim óna mhuintir á dtaispeáint aige ar a bhrollach: 'Cad a dhéanfaidh mé leo seo? Cad a dhéanfaidh mé le cé mé féin? Cad a dhéanfaidh mé leis an stair?'

Ní féidir liom a rá go bhfuil aon eolas agam ar Íosa. Níl agam ach a bhfuil sna soiscéala agus táid sin mistéireach go leor. Uaireanta cuireann a phearsa sceimhle orm – an ceartchreideamh, an chinnteacht, an déine, an easpa amhrais. Agus ina dhiaidh sin áthas – na scéalta, an charthanúlacht, an lámh chúnta, an eiriceacht, an tart ar son na córa. Ach fós níl aon aithne agam air, ach an oiread is a d'éirigh le haon duine eile aithne a chur air sa cheart.

Ceann de thóraíochtaí móra lucht léinn ar feadh i bhfad ba ea 'lorgaireacht an Íosa stairiúil', an iarracht ar a fháil amach cérbh é. Cé go bhfuil lucht léinn ann a mhaíonn nach bhfuil aon fhianaise cheart ann gur mhair Íosa riamh, ach ba ghá duit géilleadh do bhreis feallscéalta fós chun teacht slán as an abar sin. Tá buíon eile a bhfuil daoine chomh hainmniúil le David Strauss, Albert Schweitzer agus Geza Vermes ina measc a leagann an cás stairiúil os ár gcomhair cé nach mbeadh siad ar aon fhocal faoi mhórán ina thaobh, agus go deimhin tá leabhar breá léannta ag Breandán Ó Doibhlin *Mac na hEabhraí* (Coiscéim, 2012) ar an ábhar céanna a bheag nó a mhór.

De bharr nó de dheasca nach bhfuil againn ach smutanna scáinte, míreanna scaipthe, blúiríocha fánacha faoi bheatha Íosa ar féidir linn géilleadh dóibh in aon chor, tugann sin cead samhlaíochta do scríbhneoirí a gcuid taibhrithe féin a cheapadh, bíodh siad naofa nó tuata nó tútach féin. Tá sin déanta go rábach ag go leor, cuid acu a chuireann go hálainn is go cumhachtach leis na soiscéalta, cuid eile nár mhór duit gáire a dhéanamh ina dtaobh sa chás is nach mbeifeá ag urlacan.

Fág a bhfuil sna soiscéalta againn i leataobh, ceann de na rúindiamhra is mó is ea na blianta sin idir scéalta na Nollag agus Íosa 'sa teampall ina shuí i measc na n-ollamh, ag éisteacht leo agus á gceisneamh' (Lúcás 2: 46), gan trácht ar ar tharla dó idir sin agus a shaol poiblí. Ní raibh sé i gceist in aon chor, gan amhras, ag Marcas, ag Matha, ag Lúcás, ná go dearfa ag Eoin, gan trácht ar chumadóirí na soiscéalta eile cuntas iomlán beathaisnéisiúil a thabhairt ina thaobh. Is isteach sa bhearna sin a léimeann an scríbhneoir go dána, aineolach, baoth, gan dealramh, go seacht gcomhairleach is go hilchiallach chun a chipín féin a chur leis an mbrosna atá tógtha ag go leor eile. Tá tuigthe go léirghlé aige, áfach, gur dócha gur ag baint den scéal sin atá sé, nó ar a laghad á chur sa chruth a oireann dó féin.

Gángarnach an Asail

Bhí an turas thar a bheith deacair, níl aon amhras faoi sin. De ghnáth is thart faoin mbaile a bhínn. Chuireadh sé ualach ar mo dhroim ó am go ham, an fear. Géaga crainn, nó bloc adhmaid, nó brosna de réir is mar a d'oireadh. Ní théinn riamh rófhada. Ó theach go teach. Tamall sa ghort, bíodh is nach raibh mórán brobhanna ag fás ann.

Is annamh a bhítí ar mo mhuin. Uaireanta léimeadh malraigh an bhaile in airde orm agus chuireadh ag rith le buile mé tríd na sráideanna. Níor thaitin sin riamh liom, agus chun a cheart a thabhairt dó, ní ligeadh sé dóibh aimhleas a dhéanamh dom.

Bhí an bhean orm cúpla uair, ach bhraitheas go raibh sí leithscéalach agus í ina suí orm. B'fhearr léi siúl lem ais. Sin é an fáth gur chuir sé iontas orm go ndeachaigh sí ar mo dhroim an uair seo. Agus is í a bhí níos troime ná mar a bhí na huaireanta cheana sin.

Bhuaileamar amach ar an mbóthar i moiche na maidne. Bhí seisean dom stiúrú, ach uaireanta bheireadh

1

sé greim láimhe uirthise ar eagla go dtitfeadh sí díom. Beag an baol, mar ní fhéadfainn dul chomh mear sin.

Agus chomh maith leis sin, bhí cuid den slí garbh. Clocha beaga agus bolláin mhóra scaipthe ar feadh na háite. An bealach ag dul síos tamall, agus ansin an cnoc in airde ina dhiaidh sin.

Seacht n-oíche agus lá a thóg sé orainn slán. Tá a fhios agam go maith, óir blas bia ní bhfaighinn go dtí go stadaimis tar éis na n-uaireanta fada siúlóide. B'in an chuid ab fhearr den turas. Cuid de na háiteanna ar stopaimis iontu, bhí fial. Cuid eile sprionlaithe. Ní raibh mé riamh ag súil lena mhalairt.

Caitheadh clocha agus fóidíní linn in áit amháin, níl a fhios agam cén fáth. Rud amháin, áfach, bhí na hoícheanta an-gheal, níos gile ná mar a bhíodh an tráth seo bliana. Shíl mé go mb'fhéidir go raibh an samhradh ag filleadh.

Bhí compord éigin san áit inar lonnaíomar nuair a shroicheamar ceann scríbe. Bhí sé beag, ach bhí fuílleach tuí ann. An rud ba mheasa ná an bhó mhór ghránna a ghlac formhór na slí di féin. Is í a bhí ag féachaint anuas orm le drochmheas amhail is nach raibh aon ghnó agam a bheith ann. Cérbh í ise le bheith ag féachaint go hardnósach ormsa agus gan aici ach seithe odhar agus cúpla craobh amaideach ag gobadh amach as a ceann?

B'aite fós go raibh an fear is an bhean chun codlata liom (nó linn, dá gcuirfeá an bhó mhallaithe san áireamh). Níor tharla seo riamh cheana. D'fhágtaí mise liom féin, agus théidis siúd go seomra éigin laistigh. Seomra laistigh ba ea é seo, leis, ach ní seomra dá shórt.

Bhí mise ar tí dul a chodladh nuair a shíl mé gur chuala an bhó ag sranntarnach. Bhí sí sínte siar! Cé a d'airigh riamh mar gheall ar chréatúr a luigh síos le dul a chodladh?

Is ansin a chuala mé an gheonaíl. Ní geonaíl láidir a bhí ann, ach mar a bheadh crónán beag péine. B'í an bhean í. Bhí sise ina luí sa chúinne agus an fear ina cúram. Focail dheasa á rá aige léi. Focail mhilse. Focail mhisnithe.

Ba dhóbair dom titim dem cheithre chos nuair a chuala an scread. Liú áthais a bhí ann. Anáil anama á tarraingt agus á scaoileadh amach. Ba dhóigh leat go gcloisfí í ar fud an domhain bhí chomh láidir sin.

B'fhéidir nach bhfuil ionam ach asal, ach aithním míorúilt os comhair mo dhá shúil nuair a tharlaíonn.

Íosa ag Gol

Agus an oíche sin rugadh leanbh do Mhuire, a céadghin mic, agus chuir i gcrios ceangail é, agus shín sa mhainséar é. Agus bhí áthas thar na bearta uirthi, agus chrom sí ar chrónán dó, agus ar phortaireacht, agus ag déanamh suantraí chun é a chur a chodladh. Agus bheathaigh sí é agus chothaigh sí é agus chaith cuid mhór den lá is den oíche á phógadh agus á mhuirniú. Agus d'fhéach an leanbh aníos uirthi agus chrom ar phortaireacht is ar chrónán ar ais, ag déanamh fuaimeanna beaga prioslacha leanbaí. Agus bhí áthas breise ar Mhuire toisc nár ghoil sé, is nár chaoin sé, is nár lig sé gach scread as mar a dhéanann leanaí. Agus is mó fós an t-áthas a bhí ar Sheosamh, mar fear ba ea é, agus mar sin ba bheag foighne a bheadh aige le gol ná le caoineadh ná le screadach linbh.

Agus laethanta gearra ina dhiaidh sin nuair a fuair an rí Héaród amach go raibh na saoithe ón aird thoir tar éis bob a bhualadh air, ghabh fearg mhór é agus chuir sé ordú amach gach páiste fireann faoi bhun dhá bhliain d'aois i gceantar Bheithil a mharú.

Réab na saighdiúirí tríd an mbaile agus rug siad ar na páistí i mbaclainn a máthar, nó ina gcodladh go sámh, nó ag súgradh ar an talamh, nó ag foghlaim siúil, nó ag gáire le haoibhneas na beatha, agus bhain siad an cloigeann de chuid acu, na cosa de chuid eile, na hingne de chuid eile le pléisiúr, d'ardaigh cuid eile fós ar bhior a gclaimhte agus dhein a luascadh timpeall, nó chuir siad claíomh go díreach isteach ina gcroí gan a thuilleadh moille mar bhí tuilleadh fós le déanamh.

Dhein siad é seo mar saighdiúirí de chuid an impire ba ea iad agus ghlac siad le horduithe mar a ghlacann

saighdiúirí an impire, agus ar aon nós bhí airgead mór ramhar ar chorp gach aon linbh acu ba chuma cén meáchan a bheadh iontu, agus bhí duais faoi leith ag dul don saighdiúir ba mhó corpán.

Agus faoin am seo bhí Íosa agus a mháthair agus Seosamh slán socair san Éigipt. Ní raibh sé deacair orthu éalú mar leanbh maith ba ea Íosa agus ar éigean gur dhein sé gol riamh.

Agus nuair a d'fhág anamnacha na leanaí a maraíodh a gcorp saolta chuaigh siad ag snámh tríd an aer go dtí cibé áit a dtéann anamnacha leanaí a mharaítear go míthrócaireach. Agus ar a slí dhóibh tríd an aer d'fhéach duine acu síos ar Íosa, agus thaispeáin sé a chloigeann briste dó, agus a lámha stróicthe as a chéile, agus a chroí beag nár tháinig i méadaíocht, agus a chuid ingne stoite, agus an poll ina thaobh a bearnaíodh le bior, agus a cholainn gheanmnaí a bhí smeartha le fuil nach raibh deis ar bith aige peaca a dhéanamh, agus liúigh sé amach le hÍosa: 'Is tusa faoi deara é seo!'

Agus d'fhéach an leanbh Íosa suas air agus líon a shúile le deora.

Agus b'in í an chéad uair a dhein Íosa gol.

Go Leor

Tharla, áfach, sna laethanta sin go ndeachaigh reacht amach ó Chaesar Ágastas go ndéanfaí áireamh ar an domhan go léir fad a rith faoina smacht. Agus do ghluais na daoine go léir ionas go bhfeadfaí iad a áireamh bíodh nach raibh de chóir taistil acu ach camall nó asal na gcos. Agus chuaigh Seosamh ón nGailíl suas go dtí an baile beag gránna ar a dtugtaí Beithil toisc go mba de shliocht Dháibhí é chun go ndéanfaí é a áireamh in éineacht le Muire a bhí ag iompar clainne.

Agus do tharla iad ann go dtáinig a haimsir chun an leanbh a bhreith agus do rug sí a mac agus d'fhill sí in éadaí é, agus chuir sí ina luí go teolaí sa tuí é, mar ní raibh aon tslí dhóibh sa teach ósta, nó sin adúirt fear an tí leo cibé. An té a bhfuil creideamh aige, creideadh.

Agus bhí ceannaitheoirí sa cheantar céanna agus iad ag faire an mhargaidh istoíche agus isló ar a dtréad. Agus féach, tháinig giolla airgid chucu a raibh céim bainte amach sa bhfiontraíocht aige ó Ollscoil Iúdáia, agus thuig go bhféadfadh go dtarlódh go raibh custaiméirí aige, mar is mó sin leanbh atá ina luí sa mhainséar a cheannódh na hoirc is na hairc ach tamall a thabhairt dó.

Agus do tharla gur labhair lucht na siopaí móra lena chéile agus is ea adúirt: 'Téimis go Beithil agus feicimis an seans seo a tharla ann, mar a thaispeáin an margadh dúinn,' agus tháinig siad ar luas, agus fuaireadar Muire agus Seosamh agus an leanbh ina luí sa mhainséar. Agus choinníodar na labhartha go léir a bhí ina gcroí acu dóibh

féin mar bhí rudaí eile le rá acu a bhí i bhfad níos milse a thuigfeadh an saol.

Agus do bhí fear amháin acu a bhí i bhfad níos fearr i mbun an chúraim ná aon duine eile agus thuirling sé ina measc óna charr sleamhnáin ar luas, óir nuair a chonaic sé deis le tapú, thapaigh sé an deis. Bhí éadaí móra dearga air, ionas go bhfeicfí é, agus mála mór ar a dhroim ina raibh ollmhaitheasaí an tsaoil.

Agus do shéid sé a thrumpa agus bhuail a chuid cloigíní agus sheol isteach san áit a raibh an leanbh agus a mháthair agus Seosamh agus leag os a gcomhair amach a raibh aige le díol.

Agus do bhí, gan bhréag: Nintendo Labo xxPhD agus drón lámhspreagtha féintuisceanach agus liathróidí plasma agus uiscechliste kidizúm vteic agus sprek sféarach agus eolasmhar módachlaptracach agus líonra idirbhréagach agus cothromóid chloigeanncheoltach agus mogall inchuimhnte deaslabhrach amháin agus mionlampa numscoilneamheáite agus iontas simplí dí-armatach lánseolta agus Feiciup todhchaíoch gan áireamh agus Kipézútféin agus eile agus do chuir an meangadh ba sholasmhaire air féin agus é ag triall ar an stábla.

'Tá's agam,' arsa an fear deargbhán lena fhéasóg fhada uasal, 'tá's agam nach acmhainn daoibh oiread sin a cheannach anois, ach ní foláir cuimhneamh ar an aimsir amach romhaibh, an leanbh mic seo – atá go hálainn – gan amhras – beidh gá aige leis na hacmhainní seo nó beidh thiar air.'

Agus d'fhéach Seosamh air, agus is é a labhair go séimh: 'Tuigim go maith go bhfuil jab le déanamh agat, ach tuigim, leis, go bhfuil ár ndóthain againn anois, bia agus díon agus teas agus a bheith slán, go raibh maith agat.'

'Ach … riachtanas is ea na nithe seo ar fad, an Tictendo Mumbo fxSó agus an…'

'Ní dóigh liom gur airigh tú i gceart mé,' arsa Seosamh, imir feirge ann cé gurbh fhear séimh é, 'Tá ár ndóthain againn, is é sin, tá go leor againn, go leor.'

'Ní thuigim "go leor",' arsa an fear eile.

An Ceapaire

Bhí an tráth sin tagtha i dtimpeall bliana na scoile. An Nollaig arís. Coirm cheoil agus dráma agus bronntanais ó na daltaí, is é sin, ó na tuismitheoirí.

Rang meascaithe a bhí aici i mbliana. Ní raibh an faisean nua sroichte chucu fós go nglaofaí as a hainm í, go dtabharfaí Fionnuala uirthi. An Mháistréas Fionnuala. Níor neamhbhinn léi é, ach mar sin féin bhí taithí riamh aici ar an Máistreás Uí Fhearghail.

Ní rang meascaithe idir chailíní is bhuachaillí a bhí i gceist, bhí lántaithí aici air sin. Ach meascaithe idir aicmí, rud nár dhual. Dream deas meánaicmeach a raibh dúil ag a bhformhór san oideachas is mó a bhí aici le cúpla bliain. Daoine a raibh leabhair acu sa bhaile, go fiú is mura léití iad. Ba mhó an scanradh a bhí uirthi roimh na tuismitheoirí ná roimh na daltaí go minic.

Ach tharla láthair nua tithíochta i ngar don scoil, tithe don phobal, tithe sóisialta mar a thug na meáin orthu, ach go díreach tithe do na daoine mar a bhí riamh in aon tír shibhialta ar domhan, dar léi. Ba mheasa fós, dar le cuid de na múinteoirí, gur tugadh cead d'ionad lonnaithe lucht siúil a chur ar imeall na n-eastát nua.

Bhí cuid acu ina rang féin. Beirt d'fhonn a bheith cruinn. Ní raibh aon chaill orthu, dar léi féin, iad béasach, éirimiúil, suim acu ina gcuid ceachtanna.

B'in cúis eile nár thaitin nós bhronntanais na Nollag léi. Bhí páistí ann nach raibh sé d'acmhainn acu ná ag a dtuismitheoirí aon rud a cheannach dóibh féin, gan trácht ar fhéirín don mhúinteoir. Ní raibh an bheirt ón lucht siúil mar sin, agus bhí daoine ba mheasa as ná iad sa rang.

Coilmín, mar shampla. Buachaill beag, is é sin, buachaill ba lú ná na buachaillí eile sa rang. Ceal bia, ná cothú ceart, shíl sí. Is é a bhí mílítheach agus ba chuma nó cipíní a dhá chois. Ba léir gur mhinic ocras air.

Tháinig na bronntanais mar sin féin. Cumhrán is mó, agus boscaí seacláide. Tháinig dearbháin áiseach i gcónaí. Fuair sí ceann bliain amháin ar son laethanta saoire faoin ngrian ó thuismitheoirí gustalacha a raibh a n-iníon chomh dána muineálramhar le baincéir ar bith. Ach gréibhlí agus giúirléidí den chuid is mó a dáileadh uirthi. Is í a bhí buíoch, ach beagán míchompordach ag an am céanna.

Nuair a bhí an rang imithe amach chun an chlóis am sosa chonaic sí go raibh Coilmín ina shuí leis féin agus é nach mór ag gol.

Shuigh sí síos ina aice agus d'fhéach go cineálta air. 'Cad tá ort, a stór? Níl tú istigh leat féin. Is féidir leat labhairt liomsa.'

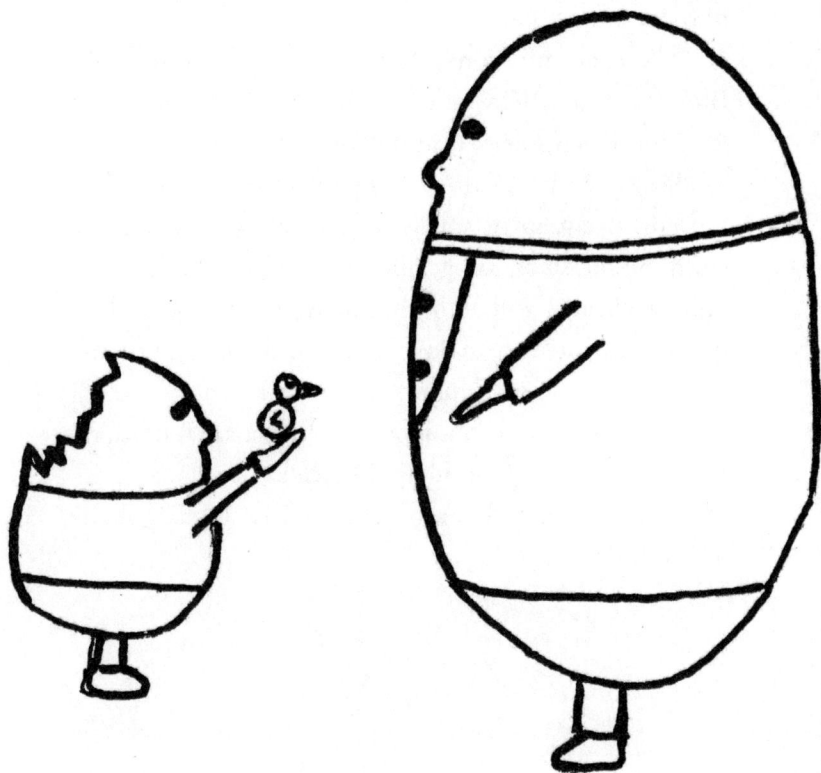

Ní buachaill cainteach a bhí ann agus bhí a fhios aici go mbeadh uirthi na focail a mhealladh as, beag ar bheag. Bhí na deora móra boga ar tí titim, nuair adúirt sé: 'Tá brón orm, a Mháistreás. Níl aon bhronntanas agam duit.'

Ba dhóbair di féin deora a shileadh ar chlos na bhfocal sin.

'Tá's agat gur cuma liomsa faoi na bronntanais. Bronntanas ann féin tusa a bheith sa rang agam. Imigh leat amach, agus déan dearmad ormsa!'

Ba mhór idir na daltaí. Bíodh gur eachtra bhuile a bhí ann, b'éigean di gáire a dhéanamh léi féin nuair a chuimhnigh sí ar an gcailín a thug smideadh di an bhliain cheana. Aghaidh chomh neamhurchóideach le pláta uirthi nuair a tháinig na focail uaithi: 'Dúirt mo mháthair nár oir sé di nuair a bhain sí triail as.'

Ag am lóin bhí bronntanas eile fágtha ar an deasc di. Páipéar go garbh timpeall air. D'oscail.

Ceapaire ime a bhí ann agus nóta leis. 'Nollaig shona ó Choilmín.'

An Teicheadh

Nuair a bhí na draoithe ón domhan thoir imithe, thaispeáin aingeal an Tiarna é féin do Sheosamh ina chodladh, agus dúirt sé: 'Éirigh agus tóg leat an leanbh agus a mháthair agus imigh go dtí an Éigipt, agus fan ann go n-inseoidh mé dhuit, mar beidh Héaród ag lorg an linbh chun a mharaithe.' Leis sin, thóg Seosamh agus Muire suas a gcip is a meanaithí is chlúdaigh an leanbh oiread is ab fhéidir leo agus chuaigh an mháthair agus an leanbh ar muin an asail agus ghluais siad leo i gcoim na hoíche.

Turas fada a bhí acu, mar bhí siad bocht agus gan chaoi acu ar chamall a fháil ar cíos nó imeacht i dteannta daoine eile a bhí ag dul sa treo sin. Óir b'áit chontúirteach an taobh tíre a raibh siad ag gluaiseacht tríd, agus ba mhinic gadaithe ag faire nó lucht trádála ag feitheamh lena dtabhairt ann ar phraghas.

Gaineamhlach tirim ba ea formhór na slí, sceach anseo is ansiúd faoi theas na gréine sa ló agus sioctha le fuacht istoíche. Agus ba mhinic thall is abhus daoine ag

15

faire orthu ar íor na spéire, ach ar éigean gurbh fhiú baint leo a bhoichte is a bhí. Ó am go chéile théadh siad thar chrann uaigneach a bhí ag caoineadh teirce a ghlaise féin, nó laghairt ar chloch ag oscailt leathshúile de bharr ghile na gréine.

Mhothaigh Seosamh go raibh a aghaidh ar nós mála uisce folamh, línte gearrtha faoina shúile ón taisteal gan chrích, a chraiceann chomh tirim le cailc, a bheola á gcogaint aige de dheasca íota tarta. B'fhearr an scéal do

Mhuire é, óir bhí caille ag clúdach a haghaidh á cosaint ó theas na gréine, agus ní raibh le feiscint ach a dá shúil dhonna tríd an bhfuinneog chaol sin ar a ceann.

San oíche dhéanaidís liathróidí díobh féin, glúine go smig suas, lámha timpeall ar chaola na gcos, cnámh droma mar dhíon ar an gcorp thiar. Chodail an leanbh go sámh le teas na máthar timpeall air cé gur ghá é a chothú go minic is go rialta mar ba dhual.

Nuair a shroich siad an abhainn mhór ní raibh aon áis acu le dul trasna. Thall uathu chonaic siad na soilse geala ar lasadh agus chuala siad gleithearán na daonnachta. Shamhlaigh Seosamh ina aigne go bhféadfadh sé obair a fháil mar shaor adhmaid go furasta, mar bhí an cheird aige go paiteanta.

Nuair a chonaic fear báid go raibh siad i sáinn rinne sé tairiscint dóibh an t-asal a mhalartú ar phasáiste sall. D'fhág siad slán ag an asal uasal a raibh deora ina shúile aige, óir thuig sé go maith an saol sclábhaíochta a bhí i ndán dó feasta.

Agus fuair siad teach beag dóibe tréigthe ar imeall an bhaile, agus lonnaigh ann gan cur isteach ar aon duine. Agus bhí ocras orthu go laethúil óir ba ghairid gur tuigeadh do Sheosamh nach raibh aon duine sásta é a fhostú bíodh go raibh siad i ngátar siúinéirí agus go leor oibre le fáil insan áit.

Agus ba ghairid ina dhiaidh sin gur thug siad faoi deara go raibh daoine ag bailiú taobh amuigh den teach agus póstaeir in airde acu. Iad ag siúl timpeall. Cuid acu ag glaoch, cuid eile agus manaí á gcantaireacht acu. 'Giúdaigh amach!', 'Níl fáilte roimh chac!', 'An Éigipt do na hÉigiptigh', agus cuid eile bagarthach ar a seal.

'Is léir nach bhfuil fáilte romhainn anseo,' arsa Seosamh le Muire oíche dá raibh, 'is trua nach dtiocfadh fáidh chun tosaigh a fhógródh go raibh gach duine cothrom i súile Dé agus gur chóir caitheamh le gach duine mar ba mhian le duine go gcaithfí leis féin.'

An Ceathrú Rí

Tháinig siad anoir. Teacht fada dian a bhí acu agus ba mhinic go raibh na camaill crosta. Iad ag stampáil agus ag cur a gcosa i dtaca lasmuigh de na tithe aíochta ina raibh seirbit acu á ól laistigh. Ní raibh tuairim acu cá raibh siad ag dul ach lean siad an réalta go dílis toisc go ndúrthas leo gur comhartha a bhí ann. Comhartha go raibh rí eile le teacht ar an saol a shlánódh an uile dhuine. Níor thuig siad cad ba bhrí leis sin, ach ghéill siad do na saoithe a bhí acu.

B'annamh scamall ag teacht trasna ar an réalta, ach tharla anois is arís. Chuir sin mearbhall orthu is b'éigean dóibh stad go scaipfeadh an néal. B'fhurasta gluaiseacht san oíche, óir ní raibh an réalta le feiscint i rith an lae, agus d'fhág sin gurbh éigean codladh le múchadh na gealaí agus bogadh le titimín na gréine.

Ba mhó guais a chuir siad díobh i rith an turais. Madraí allta ar thaobh na gcnoc is ceithearnaigh amuigh ar na machairí. B'é a ndícheall codladh i rith an lae mar bhí teas na gréine á bplúchadh, agus b'í an oíche an tráth ba chontúirtí maidir le meirligh, le gadaithe agus le faolchoin.

Ba ríthe tuaithe, ba thiarnaí, ba shaoithe iad, ach iad gan cleachtadh ar a bheith ar a gconlán féin. D'fhág siad a gcuid giollaí agus aos lúitéise ina ndiaidh le dul ar an aistear míorúilteach seo mar a gealladh dóibh.

Nuair a ráinig siad Beithil an oíche úd níor dheimhin leo gurbh í seo a dtriall. Ní raibh ann ach gur staon an réalta ar a bheith ag gluaiseacht lasnairde ar an aer. B'ait leo go mbeadh aon chríoch lena dturas i mbaile beag gránna mar seo. Ach fós bhí an réalta ina stad, agus ina seasamh go cruinn díreach baileach os cionn stábla bhig. Ní raibh dul uathu acu ach dul isteach.

Ní raibh aon taithí acu ar an mboladh a bhí laistigh, cac bó agus asail, allas an duine, mus bréan an tuí thais, gan trácht ar gheonaíl linbh nuabheirthe agus droch-chomhluadar cúpla aoire caorach nach raibh de bhéasa acu imeacht.

Mar sin féin ba chuige seo a thángadar, agus dheineadar ómós agus umhlú don leanbh a bhí sa tuí cé nár thuigeadar i gceart cad chuige an fuadar go léir. Más rí eile a bhí le bheith anseo, rí an domhain mar a thuar a saoithe agus mar a threoraigh an réalta iad, cad fáth nach raibh giollaí agus seirbhísigh ina thimpeall agus é ag ól as coirn óir nó airgid agus cad fáth nach raibh mná freastail ag a mháthair agus cad fáth go raibh an fear, a athair is dócha, thiar i gcúinne an sciobóil agus gan giob as?

Bhí áthas orthu gur osclaíodh an túis go beo, óir mhaolaigh sé ar dhrochbholadh na háite, bíodh gur ghá go mbeadh sé in aice do shróine d'fhonn maitheasaí uile a cumhachta a fháil.

Bhí deacracht acu comhrá a choimeád le tuismitheoirí an linbh. Ní raibh de theanga acu siúd ach Aramais ón ngaineamhlach agus ón tsráidbhaile agus beagán Eabhraise ón teampall. Peirsis agus Fairsis a bhí acu siúd mar ríthe, teangacha uaisle an domhain.

'Ní dóigh liom go dtuigfimid a chéile go brách,' arsa Muire, agus í ag déanamh iontais de na cuairteoirí gan choinne a tháinig chuici.

Is ansin a d'airigh siad an fhuaim. A chuala siad an jingil jeaingil. Cloigíní ag bualadh go meidhreach. Sraothartach ainmhithe nach bhfaca siad cheana. Adharca móra orthu mar a bheadh géaga crainn ann, ach iad i bhfad níos amscaí. An t-ainmhí tosaigh díobh a raibh caincín mór dearg air mar a bheadh ar smután adhmaid a chaithfí sa tine.

Fear lena n-ais. É mór beathaithe ramhar. Féasóg fhada bhán air síos go hucht. Straois gháire air. Éadaí dearga air mar a bheadh sé ag imirt do Chorcaigh agus geáitsí mar an gcéanna. Carbad lán d'fhéiríní aige. Ribíní orthu. Lán gabhála díobh á thabhairt isteach aige don scioból.

'Fóill ort!' arsa duine de na ríthe, mar bhí údarás aige agus bhí údarás ina ghuth. 'Cé tusa, agus cá bhfuil tú ag dul?'

'An é nach bhfuil a fhios agat cé mé?' arsa an fear dearg le hiontas. 'Tugaim bronntanais uaim do pháistí an domhain gach uile bhliain an tráth seo geimhridh, nó ceannaíonn a gcuid tuismitheoirí uaim iad.'

'Ach is sinne na ríthe anoir,' arsa an saoi sa doras, 'táimid tagtha anseo le hómós a thabhairt don rí nua a shlánóidh an domhan agus atá ina luí sa mháinséar istigh. Tá gaois agus carthanacht agus grá agus eile ina luí sa tuí ansin an té a thuigfeadh é.'

'An té a thuigfeadh é,' ghángarnaigh an t-asal.

'A shlánóidh an domhan?' d'fhiafraigh an fear dearg agus lig puth gáire as. 'Níl rud ar bith á dhíth ó dhuine ar bith áit ar bith ach a bhfuil agamsa … go háirithe le ceannach. Mise rí an domhain. Imígí abhaile agus tugaigí bhur gcuid smaointe gan dealramh libh.'

An Fear Sneachta

Tháinig an fuacht arís, agus lean an sneachta.

Bhí áthas ar bhuachaillí is ar chailíní na sráide. Ní fhaca siad a leithéid riamh, nó ar a laghad le blianta. Eagla a bhí ar dhaoine críonna go dtitfeadh siad agus go mbrisfí cnámha leo, ach b'é ba mhian leis an óige sleamhnú ar an leac oighre agus liathróidí a chaitheamh lena chéile. Nó le haon duine a ghabhfadh an tslí.

'Déanaimis fear sneachta,' arsa Cormac, an duine ba spórtúla sa tsráid.

'Ní hea,' arsa Taidhgín Tréan, 'déanadh gach duine fear sneachta. Bíodh comórtas againn. An duine is fearr a dhéanfaidh fear sneachta, beidh cead aige na cinn eile a leagadh.'

Maistín na sráide ba ea Taidhgín, b'é an rí é. Dhéantaí a thoil go pras.

Cuireadh iontas orthu nuair adúirt Sorcha go dána: 'Ní aontaím leis sin!' Lean ciúnas ar feadh cúpla soicind. D'fhéach Taidhgín go géar uirthi, ag cur a shúile tríthi. 'Is mian liomsa bean sneachta a dhéanamh!'

'Is cuma liom fear nó bean fad is go mbeidh an comórtas againn,' liúigh Taidhgín, 'déanaimis é!'

'Abraimis tógáil neach sneachta, mar sin,' arsa Yusuf a bhí tagtha ón meánoirthear agus a thuig rud éigin mar gheall ar chothú na síochána. Ní raibh aon chleachtadh ar shneachta aige, ach chonaic sé na scannáin.

'Cé a dhéanfaidh an bhreith?' d'fhiafraigh Saidhbhín, a chonaic fadhbanna gach áit go fiú is muna raibh siad ann.

'Sean-Mhaitias, gan amhras,' arsa Eoinín, 'bíonn sé le hais an dorais gach lá ag faire ar a bhfuil ar siúl.' D'aontaíodar leis sin, mar baitsiléir aosta a bhí ann a raibh meas ag gach n-aon air.

Chromadar ag obair. Neacha sneachta aonair a bhí le bheith ann de réir na rialacha a cumadh ar an toirt, ní raibh cead dul i bpáirtíocht le chéile. Maidin iomlán a tugadh dóibh go dtí gur tháinig am lóin. Dhéanfaí an bhreith an mhaidin dar gcionn ionas go bhfeicfí an mairfeadh an neach sneachta i gcaitheamh na hoíche.

Níorbh aon dua do shean-Mhaitias an ceann ab fhearr a roghnú. Bhí chomh soiléir leis an sneachta féin go raibh ceann Thaidhgín níos láidre, níos mó, níos gile, níos airde, níos raimhre, níos ealaíonta, níos dea-ghléasta ná aon neach sneachta eile.

'Ach sciob sé an scairf óm cheannsa,' arsa Saidhbhín, agus buile uirthi.

'Liomsa an píopa,' scairt Niall, a bhí ciúin go dtí sin.

'Lem dhaid mór an cóta sin!' d'éigh Cormac. 'Gadaí atá ann!'

'Is lem mháthair na seoda sin atá ina shúile,' ó Yusuf, a bhí nach mór ag gol.

Ach bhí an breitheamh, sean-Mhaitias, imithe faoi seo, a ghnó déanta aige.

Chuaigh Taidhgín Tréan timpeall ag plancadh is ag leagadh na neacha sneachta idir mhná agus fhir is cibé inscne eile a bhí nó nach raibh ann. Bhain sé an cloigeann díobh mar a dhéanfadh rí, agus chuaigh de chosa iontu mar a dhéanfadh rugarbugar. Fós féin, bhí sé róphostúil leis an ngnó a chríochnú go slachtmhar. Fágadh carnáin

de shneachta sna baill ina raibh na dealbha tamall gairid roimhe sin.

D'imíodar leo go bristechroíach agus fágadh Taidhgín ina thiarna ar an sneachta, ina laoch na sráide gan freasúra.

Tháinig an ghrian agus d'imigh an fuacht. Leádh an sneachta agus déanadh locháin bheaga uisce de na carnáin bhána. Chuir sé iontas ar mhuintir an bhaile, áfach, óir níor chuaigh aon leá ar fhear sneachta Thaidhgín. Bhí sé fós ina sheasamh ansin chomh maorga fuar slán i lár an Mheithimh is a bhí i mí an Mhárta.

'Cad é seo?' d'fhiafraigh maithe na háite. 'Cad is brí leis? Cén fáth nár leáigh sé?'

'Tá's agamsa,' arsa Sorcha go gaoismhear, 'má ghoid sé go leor uainne, is é a chroí féin a chuir sé ann.'

Amach ar an mBóthar

An oíche úd i mBeithil bhí gach aon teach ósta lán. Bhí na pubanna ag cur thar maoil le lucht ragairne ag diúgadh na gcárt. Leaba ní raibh le fáil ar ór ná ar airgead. B'éigean do dhaoine codladh a dhéanamh ar thaobh na sráide nó san iothlainn féin sa chás is nach raibh aon áit eile ann dóibh.

Ach fuair Seosamh agus Muire bheith istigh na hoíche sa stábla in aice láimhe ó fhear an tí ósta a ghlac trua dóibh.

Fear eile, tháinig sé aduaidh as Béatsáide. Bhí a bhean fairis agus a mac nuashaolaithe. Is ar chamall a tháinig siad, camall ar leo é. Ní chuimhneodh siad teacht ar asal. Ba mheasa asal ná siúl na gcos. B'éigean dóibh clárú sa bhaile óir b'as a tháinig a sinsir. Fear saibhir a bhí ann.

Chnag sé, an fear saibhir, ar dhoras an tí ósta.

D'fhreagair an t-óstóir leis an bpus sin a bhíodh ar óstóirí de ghnáth sular dhein siad cúrsa dea-bhéasa san Institiúid Teicneolaíochta ba ghaire dóibh.

'Ha!' ar seisean, le gramhas.

'Hó! Hó!' arsa mo dhuine, ach níorbh aon San Nioclás é.

'Cad tá uait?' arsa an t-óstóir, bíodh gur maith mar a bhí a fhios aige.

'Bheith istigh na hoíche, dom féin, dom mhaicín óg, agus dom bhean chéile,' is mar sin a d'ainmnítí daoine san am.

'Tá an teach lán,' arsa an t-óstóir, 'bailigh leat áit éigin eile.'

Dhein sé iarracht ar an doras a dhúnadh de phlab, ach chuir an fear a chos ina choinne.

'An bhfuil a fhios agat cé mé féin?' arsa mo dhuine, agus an camall ag srannfach laistiar.

'Níl tuairim dá laghad agam,' arsa an t-óstóir, 'agus is cuma liom.'

D'fhan an chos sa doras.

'Is mise Síomón Bartaiméas agus tá scaireanna agam i mbanc na Róimhe, agus téim ar saoire go dtí Cathair Alastair agus tá tithe saoire agam in Siodón agus tá aithne agam ar Héaród Antapas agus ba mhór agam dá bhféadfá seomra a chur ar fáil dom féin, dom mhac, is dom mhnaoi don aon oíche amháin seo féin.'

Stop an t-óstóir, thosnaigh seordán éigin ina chluasa. Airgead, seasamh, meas. Bhí geallúint tugtha aige, ach cad is fiú geallúint suas is anuas leis an saol. Ní foláir a bheith réadach.

Is ea, bhí oscailt ann.

'Bhuel,' ar seisean, agus lean tost fada, 'is amhlaidh

go bhfuil an teach ósta lán, mar adúirt mé, ach tarlaíonn go bhfuil stábla amuigh ansin agam atá compordach go maith. Is minic daoine ag fuireach ann nuair atá an áit seo plódaithe. Bó agus asal chun teas a choinneáil. Tá lánúin ann faoi láthair ach…'

'Ní íocfaidh siad a n-íocfaidh mise,' arsa Síomón.

'Fíor duit,' arsa an t-óstóir, ach é fós idir dhá chomhairle.

'Sin é dlí an mhargaidh,' arsa Síomón, 'agus is é dlí an mhargaidh an máistir.'

'Sin í an fhírinne!'

Chuaigh an t-óstóir amach chun an stábla agus thug ordú dóibh imeacht. Go grod. Láithreach bonn baill. Nó chuirfí na Gardaí orthu.

'Ach dúirt tú…?' arsa Seosamh, agus alltacht air.

'Níl aon rud scríte síos,' arsa an t-óstóir, 'téann focail le gaoth.'

'Ach tá a huain i neas dúinn, uair ar bith, an leanbh, tá's agat.'

'Ní haon phioc dem chúram é sin, ní mise faoi deara é. Tá leanbh amháin ar aon dul le leanbh eile. Is féidir leat ceann eile a bheith agat, tar éis an tsaoil.'

Agus rop sé Seosamh agus Muire amach as an stábla. Agus d'imigh an t-asal ina dteannta.

Ghluais siad leo gur tháinig siad ar chlaí le hais an bhóthair. Is ann a thug Muire a leanbh Íosa ar an saol beag beann ar fháidh nó ar aoirí caorach.

I mBolg an Éisc

Labhair Dia le Ióna agus dúirt: 'Éirigh! Gread leat go dtí cathair mhór Sharm el-Sheikh agus fógair oracal ina n-aghaidh, mar is ann atá tiarnaí an domhain cruinnithe le chéile, mar tá mallaitheacht ina mbriathra agus ní fada eile a mhairfidh an domhan.'

Ach bhí eagla ar Ióna toisc nár dhein sé obair mar seo riamh cheana agus theastaigh uaidh éalú. Mar sin chuaigh sé go dtí imeall na farraige móire agus chuaigh ar bord loinge ag bhí le dul trasna na mara go dtí na gealchathracha a raibh ór ar na sráideanna iontu agus thug sé airgead mór do chaptaen an tsoithigh.

Ar an tslí dhóibh, áfach, scaoileadh gaoth láidir amach thar an bhfarraige agus d'éirigh stoirm chomh mór sin gur dhóbair don long titim as a chéile. Tháinig scanradh a n-anama ar an bhfoireann agus b'éigean dóibh an lastas a bhí acu a theilgean amach as an long. Nuair nár leor sin b'éigean dóibh cuid de na daoine a bhí ar bord a chaitheamh amach, leis. D'fhéach siad timpeall agus chonaic siad Ióna.

'Tá an chuma ort,' arsa an captaen 'nach mbaineann tú sa cheart linn. Déarfainn gur imirceoir eacnamaíochta tú, agus ar aon nós is léir go dtagann tú as tír a mbíonn an ghrian ag taitneamh ann.'

Leis sin, rug siad greim ar Ióna agus chaitheadar isteach san fharraige é.

Ráinig gur chuir Dia míol mór ag snámh san fharraige sin. Míorúilt ann féin ba ea é sin, mar is gann iad na míolta móra i bhfarraige ar bith. Is amhlaidh go raibh béal mór fáilteach ag an míol mór áirithe seo agus lig sé do Ióna gluaiseacht go deas réidh siar síos thar a chuid fiacla géara isteach ina bholg.

Bhí Ióna thar a bheith sásta leis féin óir bhí an áit go socair teolaí, agus tharla nach raibh snámh ar bith aige féin. Ba chuma nó seomra beag an áit laistigh den bholg. Níor réitigh dath na mballaí leis, ach ní raibh sé cáiréiseach faoi nithe mar sin. Agus bhí bíomaí láidre cuaracha ag coimeád na háite le chéile. Ach cibé duine a bhí anseo roimhe d'fhág sé an ball ina phrácás ar fad.

Bhí stuif caite ar fud na háite ar nós fágála chóisir mhic léinn. Plátaí plaisteacha faoina chosa, agus guma coganta greamaithe de na bíomaí. Málaí tae leata timpeall ar nós ealaíne teibí. Bindealáin shalacha ina strillíní ag gluaiseacht le luascadh an mhíl. Málaí dubha plaisteacha a raibh an dramhaíl a bhíodh iontu imithe fadó. Soip a n-óladh páistí deochanna astu, agus cinn eile a raibh rian dearg an bheoldatha ar a mbarr. Scuabanna fiacla ar déanadh dearmad orthu. Clúidíní leanaí nach raibh i gcónaí go baileach glan fara bréagáin dhaite a raibh a seal curtha isteach acu. Dhá chón tráchta a goideadh ó oibreacha sráide agus doras gluaisteáin a bhféadfadh sé suí air. Pacáistiú staighrifóim ina cháithníní sneachta i gcúinní ach gan a bheith i bhfolach.

Níos measa ná sin crann mór Nollag a raibh an tsíóg fós ar a bharr. Agus na maisiúcháin á thachtadh timpeall. Báillíní ar sileadh uaidh. Pléascóga beaga buí nár tarraingíodh fós. Rothar do bhábóg ar déanadh dearmad fadó air. San Nioclás bréige a raibh an straois reoite ar a bhéal. Míreanna mearaí ina mblocanna móra adhmaid ar éiríodh as a réiteach. Aon chlár scátála uaigneach amháin. Capall luascáin gan eireaball nach raibh inluasctha níos mó. Crann tabhaill ar leathghabhal. Deideaghanna agus gréibhlí ina smutanna gan ord. Sleamhnán gairdín gan dréimire. Babliac fionn caol a bhí sa bhfaisean ar feadh bliana.

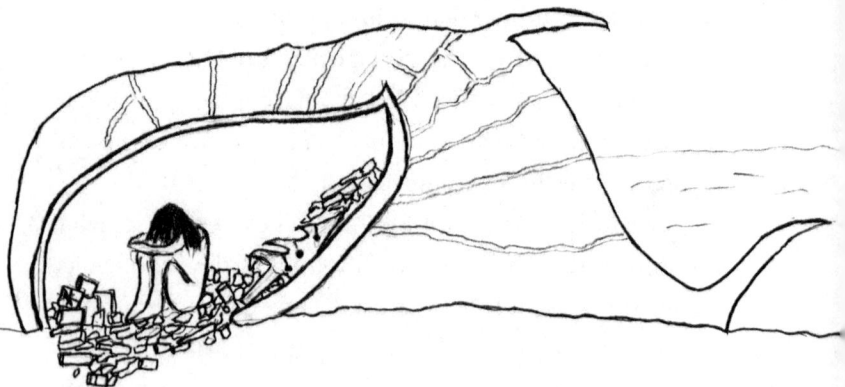

Bhí alltacht air, agus ansin déistin. Níor chuid d'obair Dé a bhí ann. Toradh obair thiarnaí na cruinne gan aon bhréag. Nuair a bhí sé trí lá agus trí oíche i mbolg an mhíl mhóir scread sé ar Dhia teacht i gcabhair air arís 'óir tá an dramhaíl dom chiorclú, agus mé i mbaol mo mhúchta, tá stuif gan mhaith ag brú isteach orm agus chuaigh mo cheann in ascar sa phlaisteach.'

Agus sceith an míol mór amach é agus ghread sé leis go dtí Sharm el-Sheikh agus d'fhógair sé in aghaidh na dtiarnaí an t-oracal a thug Dia dó cé gur mhaith a thuig sé nach dtabharfaí oiread airde air agus a thabharfaí ar mhún dreoilín san fharraige mhór.

Bás na Bó

Beo a rugadh an leanbh. Bhí a fhios sin ag an mbó mar chuala sí an scread. Máthair ba ea í féin agus bhí cuimhne aici ar na pianta. Thuig sí bród na mná freisin. Agus chonaic sí mórtas an athar. Ní raibh aon léamh aici ar intinn an asail mar asal as tír isteach ba ea é sin. Is mó rud a bhíonn ar eolas ag bó. Is mó rud a bhí feicthe aici. Ach bhí seo neamhchosúil le gach eile a tharla. Leanbh a theacht ar an saol sa tuí. Fear, bean agus asal agus iad chomh caoin mín lena chéile. Iad chomh séimh leis an oíche, chomh sona le machaire méith.

B'é b'aite ná an solas. Bhí gile san áit in ainneoin na doircheachta. Shíl sí ar dtús gurbh í an réalta í. An réalta a bhí ag glioscarnach agus ag spréacharnach os cionn an stábla le cúpla oíche roimhe sin. Réalta mhór sholasmhar a raibh gathanna ag teacht aisti. Ach bhí dulta i dtaithí aici uirthi sin. Níorbh é sin é. Solas eile a bhí go díreach timpeall an linbh. Mar a bheadh ag teacht amach as. Nó mar a bheadh istigh ann. Lonradh éigin buan ar an gcraiceann gealsnuach. Fáinne glé i lár

34

na duibhe. Luan geal nach bhfeicfeadh ach súile bó.

Duine ar bith eile a tháinig chun an stábla ní chuige seo a bhíodh siad. Chun dochair nó spóirt, seachas cailín a crúite. Buachaill á leadradh ag maistín ba dhá mhó ná é. Gearrchaile agus stócach ag siosarnach agus ag scigireacht sa tuí. Gáirí uathu agus liúnna áthais. Lá eile saighdiúir ar meisce agus é ag diúgadh an bhairille. Mallachtaí uaidh agus mionnaí móra. Fuaim uisce sa chúinne. Madra i bhfolach óna mháistir.

Níor mar sin iad seo. Ba dhóigh leat orthu gur chiúnaigh siad an ball go léir. Lean sáimhe éigin iad, go díreach iad a bheith ann. Agus nuair a tháinig na haoirí isteach ó bheith ag faire na dtráth san oíche ar a dtréad, ciúnaíodh iad siúd, leis. Agus, féach, fir gharbha ba ea iad sin. Bhí a fhios sin ag an mbó. Fuair sí speach ó dhuine díobh uair amháin nuair a chuaigh sí ró-ghar do chaora. Níor shíl sí gur daoine deasa iad. Níorbh í sin an cháil a bhí orthu. Eagla a bhí uirthi i dtosach nuair a nocht siad sa doras. Ach ba ghairid gur tuigeadh di gur meon eile ar fad a bhí acu. Meon mánla miochair. Iad chomh mín le huain. Shíl sí orthu nach maródh siad cuil. Labhair go tláith le chéile, is go modhúil leis an lánúin. D'fhéach siad ar an leanbh agus deora ina súile. Ba léir don bhó an t-ómós a bhí acu dó, don leanbh, agus líon a croí leis an ómós céanna.

Agus tharla, nuair a d'imigh siad uathu gur cheap an bhó gur airigh sí ceolta á seinm sa spéir, agus glórtha boga binne. Agus na labhartha a dhein siad, bhí siad á gcogaint le caoine ag an máthair agus ag an athair agus iad ag breithniú an linbh a raibh an solas ina thimpeall.

Scéal eile ar fad ba ea na daoine eile a tháinig. Iad fillte in éadaí daite agus iad ag glioscarnach ó bhonn go baithis. Fáinní orthu nach gcuirfí ar tharbh. Prócaí aite ar a gcloigne acu a raibh loinnir uathu, ach nárbh ionann mar loinnir í agus loinnir an linbh. Ainmhithe taobh amuigh a raibh dronn orthu. Iad chomh donn leis an ngaineamh. Gnúis bhrónach orthu mar a bheadh cúram an tsaoil á iompar acu. Na soithí a thóg siad amach, cheap an bhó go rabhthas lena gcur fúithi ar dtús. Ina ionad sin, leag siad amach go cuíúil iad os comhair an linbh, agus dhein comharthaí umhlaíochta agus dea-mhéine.

Dhruid an bhó níos gaire dóibh agus lig anáil fhada bhláith aisti. Ba dhóigh léi go raibh dea-bholadh aoibhnis ón anáil sin, go raibh mos chumhrán an tsaoil air. Ba mhian léi géimneach a dhéanamh, búir ard a ligean d'fhonn an lá seo a fhógairt. Ach thug sí faoi deara nach raibh gángarnach ar bith déanta ag an asal, ainmhí ar dual dó gángarnach a dhéanamh go minic. Agus cé go raibh meangadh an áthais ar chách, is go ciúin moiglí a labhair siad mar a bheadh an saol á thabhairt chun suaimhnis. Agus nuair a dhein an leanbh gáire gliogarnach léi, ba dhóigh léi gur síoda na bó í gan bhréag.

Níor fhág sin nár déanadh stéigeanna beaga blasta filléid aisti, agus stéigeanna nóiméid agus caoldroma agus ruaphrompach, agus slisní d'íostiarpa mairteola, agus burgair le cur i mborróga, agus feoil mhionaithe le cur i bpióga, agus nár caitheadh a dá crúb leis na gadhair lena gcuid fiacla a shá iontu.

Focail Gan Choinne

Bhí an tráth sin bliana tagtha i saol na scoile. An cheolchoirm, an dráma Nollag, na bronntanais bhliantúla ó na daltaí, is é sin, ó na tuismitheoirí. B'é ba mheasa ná gur leagadh cúram an dráma Nollag uirthi féin an t-am seo. Ba mhinice í ag plé leis na carúil, le cúram Aifreann na Nollag, le heagrú na searmanas. Ach ba dhúshlán nua é seo, agus cá bhfios ná go mbeadh sé suimiúil?

B'éigean di na daltaí a roghnú i dtosach. Scéal na Nollag ar stáitse ba bhun lena cuardach. Cúpla Seosamh aici, níorbh aon fhadhb iad. Buachaill ard a raibh teacht i láthair aige a bhí uaithi agus a bhí in ann cúpla focal a rá. Maidir leis an haoirí caorach, bhí go leor díobh sin aici chomh maith. Bhí caoire furasta le fáil.

Maidir leis an triúr rí anoir nó na saoithe, bhí sin éasca chomh maith. Bhí beirt anoir aici sa rang, duine ón Afganastáin agus duine eile ón Úcráin a dhéanfadh an cúram go binn. Ceart go leor, Eorpaigh ba ea na hÚcránaigh, ach níorbh eol do dhaoine an méid sin go dtí le déanaí. Ba chuma faoin tríú duine, bheadh sé

38

feistithe agus clúdaithe go maith.

B'í Muire an fhadhb. An fhadhb ba mhó.

Rogha idir beirt a bhí ina hintinn aici. Duine amháin díobh, Amara, a bhí ina peata naoimh aici. Níor dhein sí aon rud riamh as bealach. Gean an gháire ar a béal i gcónaí. Thar aon rud eile, thar barr amach, ba theifeach í ón tSiria. Cá bhfios, b'fhéidir gur labhair sí Aramais, an teanga a bhí ag Íosa agus ag a mháthair? Nó sin adúirt Google léi. Agus léireodh sé don scoil nárbh ionann Muire agus an crot a bhí uirthi sna dealbha a raibh cead fós acu a bheith ar dhorchlaí na scoile.

An duine eile, b'í Zara í. Iníon le polaiteoir agus fear saibhir. Dháil sé airgead ar an scoil. Thug síntiús mór don ghiomnáisiam nua, agus b'é a d'oscail. B'í mian

39

an phríomhoide go mbeadh Zara ina Muire, agus cúis mhaith aici.

Tar éis mórán iomrascála ina hintinn, agus oícheanta gan chodladh, agus siúlóidí fada cois farraige, dhein sí an rogha. Is í Amara a bheadh ann. Thabharfadh sí páirt fhear an tí ósta do Zara. Tar éis an tsaoil, níor ghá gur fear a bheadh ann agus ba dhóichí gur bean a bheadh i mbun iostais agus bheith istigh ar aon nós. Cé go raibh pus ar Zara i dtosach, d'fhoghlaim sí a cuid línte go maith agus go héifeachtach.

Bhí slua breá ann oíche an dráma. Tuismitheoirí a bhformhór, ach cairde agus muintir an pharóiste chomh maith. An príomhoide breá sásta léi féin. An sagart paróiste ina shuí chun tosaigh bíodh gur bheag an tsuim a chuir sé sa scoil.

Athair agus máthair Zara in aice leis an sagart paróiste. Iad ag cogarnaíl le chéile go bog. Gáire ann is as agus idir eatarthu.

Bhí an stábla ar thaobh na láimhe clé den stáitse, bó agus caoire ansin chomh maith, ach dúradh leo gan bogadh go dtiocfadh an t-am.

An teach ósta i lár an stáitse, beagán ar dheis. Slua taobh amuigh, daltaí nach bhféadfaí a chur i bpáirt ar bith eile.

Chnag Seosamh ar an doras. D'fhreagair Zara agus straois uirthi.

'Mé féin agus mo bhean,' ar seisean, ag comharthú Muire a raibh a ceann cromtha aici, 'is amhlaidh go bhfuil bheith istigh na hoíche uainn. Tá sí trom le leanbh agus ní fada óna haimsir í.'

Leathnaigh an straois ar bhéal Zara.

'Ó, nach iontach sin!' ar sise. 'Tá fuílleach spáis againn, seomraí den scoth, oiriúnach do rí, agus tá míle fáilte romhaibh.'

Cuimhne an Asail

Bhí tuirse ar an asal. Mórtas chomh maith. B'éigean dó an turas fada a dhéanamh agus an bhean ar a dhroim. Is ag dul i dtroime a bhí sí fad an bhealaigh, shíl sé, is é féin ag dul i dtuirse. Mar sin féin, b'é seo an saol a bhí aige, agus bhí a fhios aige go raibh saol níos measa ag asail eile. Uaireanta dhéanadh an fear iarracht suí ar a dhroim chomh maith, ach bhí sin iomarcach.

Ar a laghad, casadh asail eile air fan na slí. Cuid acu ag dul an treo eile agus lastais mhóra á n-iompar acu. Cosa laga agus turas fada. Agus chonaic sé áiteanna eile. Bailte beaga, crainn óróg, fígí ar sileadh ó chrainn eile, camaill ar geall le hasail mhóra iad ach go raibh siad gránna. Dronn mhínádúrtha, soic mhíchumtha orthu agus sliobarna mhíbhéasach ar sileadh ó bhéala.

Faoiseamh a bhí air nuair a shroich siad an phluais. Saghas stábla a bhí ann a raibh bó cheana i gceannas air. Ach bhí an bhó mar a bhíonn ba de ghnáth, macánta agus dúr. B'é ab fhearr go raibh fuílleach tuí ann agus glasraí ar déanadh dearmad orthu. Bhain sin an t-ocras de go mear.

B'éadrom a dhroim anois mar bhí an bhean ina luí trasna uaidh, ach ba léir go raibh sí i bpéin go mór. Chuir an liú péine isteach go mór air, mar ba mhinic é ag éisteacht le hasail agus iad á sciúrsadh nuair nach raibh go leor á iompar acu. Nó iad a bheith leisciúil. Thuig sé féin pian, ach ní pian mar seo a bhí á fulaingt ag an mbean.

Ansin chuala sé liú eile. Liú caointe linbh. Scread bheag mhór na beatha. Osna ghoil áthais na máthar. Ansin gogallach sásaimh, agus fuaimeanna beaga teolaí a chomharthaigh go raibh gach rud i gceart.

Nuair a tháinig na cuairteoirí ní mó ná sásta a bhíodar leis. Má shíl na haoirí caorach go raibh gradam níos airde ag a gcuid ainmhithe méileacha siúd ná eisean, níor tada é sin ar ghualainn drochmheas na sotalach a tháinig ina dhiaidh sin. Éadaí galánta orthu, gan trácht ar na camaill ghránna sin lasmuigh. Thug duine amháin díobh cic as an tslí dó ionas go bhfeicfeadh sé radharc níos fearr ar an leanbh. Leag duine eile a uilinn air amhail is gur posta cois bhealaigh a bhí ann.

Agus ba chuimhin leis nuair ab éigean dóibh imeacht. Imeacht go mear. D'éirigh an fear i lár na hoíche le sceimhle, mhúscail an bhean, bhurláil an leanbh isteach in éadaí bláithe, leag ar a mhuin iad, thug buille dó agus ghluaiseadar leo. B'fhada an turas gan fáilte é.

Is maith a thuig sé go raibh an saol mar sin ó shin. É ina ainmhí iompair go brách. Ag iompar lastais ó áit go háit. Á bhualadh le fuip nuair a stad ar son anáil a tharraingt. Malraigh bheaga dhána ar a dhroim ag stoitheadh a raibh de mhoing aige. É faoi mhagadh ag camaill. É faoi dhrochmheas ag capaill. É á fhágaint i leataobh ag innill. Rothaí móra ag dul thairis faoi luas ag caitheamh seilí deannaigh suas ina phus. Bagairt ó thaobh na dtaobhanna.

Agus anois ón aer chomh maith. Go dtí seo, bhí gach contúirt laistiar, nó aniar, nó aneas, nó aduaidh, ach bagairt ar bith ní raibh anuas. Chonaic sé tithe a bhí ann le cuimhne na n-asal á leagadh. Foirgnimh chomh láidir le máistir ina smionagar.

B'asal é. Bhí targaid ar a dhroim. Cros ar a ndíreodh diúracáin. Bhí a fhios aige nár shlán an t-asal sa Phailistín ach an oiread leis an leanbh sa chliabhán, ná an leanbh sa ghoradán féin.

Bealach Eile

Nuair a d'fhág na fir anoir an stábla bhí a fhios acu go raibh an dris sa chosán acu. Bhí geallta don rí Héaród acu go bhfillfeadh ar an bpálás aige agus go n-inseodh dó cá háit a bhfionnfadh sé an t-éilitheoir óg, nó go deimhin féin, an buachaill bán, nó an geáitseálaí Giúdach, nó leanbhán na gcraobh. Bhí an focal tugtha acu dó, ach ba dhóigh leo in iomas a n-inní istigh nár leor é. Mar bhí rud éigin sa gheangháire lándáiríre uaidh, i ngile a chuid fiacla, i bhfeacghreim teann a láimhe, ina chuid cúirtéise rómhilis gan teip, rud éigin ina chuid iompair nach bhféadfaí gan géilleadh dó a chuir an t-amhras síos siar orthu. Fairis sin, bhí údarás acu féin, agus thuig siad dóigheanna na cumhachta.

'Tá dithneas abhaile orainn ar aon tslí,' arsa an Neach Dorcha díobh. 'Cá cás dúinn bheith ag máinneáil thart anseo? Tá chomh maith againn bailiú linn in ainm na ndéithe.'

'Níl mo thuiscint ag gabháil leat go hiomlán,' arsa an Neach Buí Gaoismhear, 'ní foláir dúinn ár gcuid geallúintí a chomhlíonadh go fiú is dá dtitfeadh an spéir ar mhullach ár gcinn chróin orainn. Caithfimid scéal an linbh a scaoileadh leis … dar liom.'

'Is é Dia an fear is fearr,' arsa an Saoi Rua, ach ní go cúthail. 'Meabhraímis gur gheallamar fírinne inár mbriathar agus beart inár ngníomh – nó macántacht, oscailteacht, sofheictheacht agus trédhearcacht más fearr libh é mar fhriotal. Níl dul againn ón dualgas. An dualgas os cionn cách agus uile. Níl ann ach nach léir dom cad é an chnámh atá le crinneadh againn.'

'Is é cnámh atá le crinneadh againn,' ón Neach Dorcha, 'gur dóigh linn ón dinglis atá inár scairt istigh agus ón amhras atá inár meon nár cheart dúinn iontaoibh a thabhairt do leacracha an tí mhóir ós iad atá sleamhain, go bhfuil a ábhar féin aige orainn, nach ionann dul go dún an rí agus teacht as, go raibh sé, mar adéarfá, ag iarraidh bob mór a bhualadh orainn.'

'Ach tá ráite riamh go mbíonn an flaith chomh fial lena fhocal,' arsan an Neach úd a raibh dath na fiondruine ar a chraiceann, 'cad uime go mbeadh amhras orainn i dtaobh fhocail an rí?'

'Toisc go díreach lom gur rí é,' mar fhreagra chomh lom céanna, 'is ceart a bheith amhrasach ar rí toisc gur rí é. Conas eile ar bhain sé a chéim is a ghradam amach? Féach orainne, in ainm Chroim!'

'Agus ina dhiaidh sin, bhí mo dhuine,' arsa an Neach ba dhuibhe díobh nach ndeireadh mórán mar nach dtuigtí a ráite béil, 'mo dhuine sa bhráillín bán a raibh na guaillí móra air agus an aghaidh mhílítheach agus an guth ard caol mar a bheadh ar choillteáin, muran sagart de shaghas éigin a bhí ann.'

'Nach cuma?' aníos ón allagar. 'Níor thug siad cúis ar bith dúinn ar aon nós. B'fhéidir go rachaimis ar seachrán. Cuimhnigh go raibh réalta dár dtreorú chun na tíre seo. Tá an réalta sin gafa siar orainn, nó b'fhéidir gur thit le faill an domhain amach. Ní foláir a bhfuil ar eolas againn a dhéanamh. Ní foláir dúinn toil an rí a dhéanamh. Ní foláir dúinn a bheith dílis dár labhartha féin.'

'Cuimhnigh nach ndúirt sé tada ach gur cheart dúinn filleadh bealach eile,' arsa an Neach Gaoismhear a raibh an aghaidh rua air. 'Cé hé atá ann ar aon nós, cad é an gnó a cheapann sé a bheith aige? An amhlaidh gur dóigh leis gur cartagrafaí de shórt éigin atá ann agus gur chóir dúinne eolas na slí a ríomh?'

Thit ciúnas orthu ar feadh meandair agus ní raibh le clos ach slíocadh bog na gcamall ag crúbadh an ghainimh san éiginnteacht dóibh. Os a gcionn na réaltaí ina seasamh ar an aer, agus gan aon cheann díobh ag bogadh dar leis na súile sin a raibh taithí ar an talamh acu.

An Neach Gorm ón tír aneas ba é a labhair, an té nach ndeireadh mórán ach a raibh ualach an údaráis ina ghuth.

'Tá breall oraibh. Cuimhnigh ar a bhfacamar. Cuimhnigh ar na bronntanais a thugamar linn. Cuimhnigh ar an turas dian a chuireamar dínn. Cuimhnigh an leanbh. Cuimhnigh nach bhfuil ann ach gur thug sé foláireamh dúinn filleadh bealach eile. Murarbh amhlaidh gur chuireamar an turas fada brácúil seo orainn d'fhonn is go bhfillfimis bealach eile, cén fáth gur thángamar anseo in aon chor?'

An Rogha

Agus sna laethanta sin tháinig an tAingeal Gaibriéil ó Dhia go cathair i nGailíl darbh ainm Nazarat ag triall ar mhaighdean a bhí luaite le fear darbh ainm Seosamh, agus Muire ab ainm don mhaighdean. Agus tháinig an tAingeal isteach sa seomra ag triall uirthi, agus ghabh eagla í, óir níor ghnách go dtagadh fir stróinséartha isteach sa seomra chuici chun cainte léi. Mar bhí léite aici gur ródhócha gur ar son mísce agus dochair a thiocfadh duine ar bith ag triall uirthi.

Agus dúirt an tAingeal léi go raibh sí beannaithe idir mhná, ach níor go rómhaith a thuig sí an méid sin ná cén sórt é an beannú áirithe sin. Agus dúirt an tAingeal léi go bhfaigheadh sí gin ina broinn, agus go mbéarfadh sí leanbh, agus dúirt Muire nárbh eol di conas a tharlódh sin óir nach raibh aithne fir aici, ach dúirt an tAingeal nach raibh rud ar bith nárbh fhéidir do Dhia a dhéanamh.

Agus níorbh fhada gur mhothaigh Muire an bhreoiteacht ina bolg agus na híona fáis ina cliabh, agus ba mhinic í ciúin ionas go gcomhlíonfaí focail an fháidh go dtiocfadh leanbh ar an saol.

Agus nuair a leathnaigh an scéal tháinig an pobal máguaird ag triall uirthi agus ag déanamh gairdis léi go raibh sí torrach le leanbh mar is iomaí duine díobh a bhí seasc agus nárbh fhéidir leo a gclann a chur díobh. Agus tháinig Náóimí chuici isteach agus na deora áthais léi mar chaill sí gin í féin; agus ina diaidh tháinig Isceá ar geall le míorúilt Dé gach leanbh a bhí aici féin, agus bhí scata aici.

Agus tháinig Golda agus bhí gruaim ar a haghaidh cé go raibh sí mór go maith le Muire mar a bheadh deirfiúr go dtí sin.

'Cloisim go bhfuil tú buailte suas,' ar sise, ábhairín borb, 'féir plé, mar adéarfá, ach cheapas go raibh Jó beagán sean.'

'Nach scéal iontach é sin?' d'fhiafraigh Muire. 'Mise ag súil le leanbh!'

'Ní rachainn chomh fada sin,' arsa Golda, 'caithfidh tú cuimhneamh an bhfuil sé uait, mar leanbh?'

'Cinnte,' arsa Muire, 'an bhfuil aon ní níos míorúiltí ná páiste óg?'

Ghlan Golda a scornach, agus ansin chaith seileog amach ar an ndusta. 'Ach, smaoinigh anois, smaoinigh air, tá tusa óg agus tá Jó sean, agus an dóigh leat go mbeidh an leanbh sláintiúil?'

'Níor smaoinigh mé riamh air,' arsa Muire, 'bíonn formhór gach aon leanbh sláintiúil.'

'Ná bac formhór gach aon … cibé,' arsa Golda, amhail is dá mbeadh fonn argóna uirthi, 'is iad na heisceachtaí is cás liomsa. An leanbh sin agat, an bhfuil ainm agat dó?'

Bhí leisce ar Mhuire aon rún a scaoileadh, ach bhí rud éigin ag baint le Golda, tiomáint éigin fúithi mar a bhí san aimsir féin.

'Deir Jó agus mé féin gur dócha gur Emmanuel, nó b'fhéidir Íosa a thabharfaimid air.'

'Ainmneacha deasa iad sin,' arsa Golda, agus ghluais a miongháire ó imeall a béil soir go himeall a béil siar go gasta. 'Ach an bhfuil tú cinnte gur buachaill a bheidh ann? Cuir i gcás gur cailín í?'

Leag Muire lámh ar a broinn agus dúirt go simplí: 'Bheadh an oiread fáilte agam roimh iníon is a bheadh roimh mhac, ach braithim gur buachaill é seo.'

'Ná déan deimhin ded dhóigh,' arsa Golda, 'ach smaoinigh nach mbíonn cailín riamh chomh luachmhar le buachaill. Go fiú más bean féin mé, aithním an saol. Fuarthas carn cailíní sa bhruscar ansin thiar nach raibh a dhíth, nuabheirthe mar adéarfá, an bhfuil tú cinnte gur buachaill atá agat?'

'Is mé atá cinnte,' arsa Muire, 'dúradh liom é.'

Rinne Golda casachtach eile, mar bhí a thuilleadh aici le rá.

'Bíodh sin mar atá,' ar sise go soilbhir, 'ach smaoinigh go bhfuil tusa mós óg, agus Jó mós sean, agus ní bheadh a fhios agat cad iad na hiarmhairtí a leanfadh sin. B'fhéidir go mbeadh an leanbh dall, nó ar leathchois, nó cam reilige air, nó uathachas air, nó claonadh chun lobhair, nó siondróim Uí Dhubháin…'

'Is cuma liom,' arsa Muire, 'duine é. Is maith liom daoine. Daonnaí mé. Ní dhéanaim aon deighilt eatarthu.'

'Ach tá deighilt eat…' arsa Golda, agus ba dhóbair go dtachtfadh na focail ina bráid. 'Ní hé sin a bhí i gceist agam, gan amhras, ach go smaoineofá an raibh an féiteas seo ag teastáil uait, dáiríre?'

'Ní ag súil le féiteas atáim, le fírinne,' arsa Muire, 'ach ag súil le leanbh.'

'Níl ann ach focail,' arsa Golda, 'ach ní i dtosach atá an focal. Chun do leasa atáim. Mura bhfuil an ghin, an bailiúchán áirithe cillíní seo uait, an slupadán slapar súip seo, an leaidín beag mishtake seo uait, tá aithne agam ar dhochtúirí… Tá rogha agat, mar is eol duit.'

Is d'fhéach Muire uirthi le grá ina súile:

'Beidh An Leanbh agam,' ar sise, 'An Leanbh.'

Gan Aon tSlí...

Tharla ins na laetha sin gur chuaigh an ghairm amach ionas go ndéanfaí áireamh ar an domhan go léir. Agus ghluais na daoine ar fad ionas go ndéanfaí iad a áireamh, gach aon duine ina chathair féin. Agus chuaigh Seosamh agus Muire ón nGailíl agus bhí an aimsir ann nach mór chun an chlann do bhreith nuair a shroich siad baile beag Bheithil.

Agus chuaigh siad ó dhoras go doras ag lorg áite chun na hoíche a chaitheamh ann. Agus cé go raibh déanaí an lae ag bagairt níor chuir sin aon bhuaireamh orthu mar ba láidir a gcreideamh i nDia.

Agus dúradh leo ag doras amháin nár ghlac siad isteach daoine ón nGailíl, agus ag doras eile nach raibh fáilte roimh bhean a bhí ag iompar linbh, agus ag doras eile fós nár thaitin eachtrannaigh leo mar bhí siad leisciúil nó ag iarraidh déirce.

Ráinig siad doras amháin, áfach, ina raibh dea-araí ar fhear an tí ann, agus ghlac sé trua dóibh, agus ghabh sé leithscéal.

'Is amhlaidh go bhfuil an tigh ósta seo lán go draid,' ar seisean, 'mar tá an Nollaig chugainn agus gach duine ar bís agus ag coinne leis an lá mór.'

'Tá lá mór le bheith againne, leis,' arsa Seosamh, ag comharthú Muire ar muin an asail dó.

Agus thuig an fear agus líon a chroí le trua dóibh agus dúirt leo go raibh stábla ar chúl an tí agus go bhféadfadh siad a gcloigeann a chur síos ann go dtí go mbeadh folúntas san ósta féin.

'Tá an áit cóirithe agam i gcomhair na féile, mar a chífidh sibh,' ar seisean. 'Ach ná cuireadh sin aon mhairg oraibh, fad is nach mbaineann sibh le haon rud, nó nach mbriseann sibh rud ar bith.'

Agus ghabh siad buíochas leis go béasach, agus ghluais leo nuair a d'airigh siad an fear ag rá leo in ard a ghutha: 'Tá cúpla béist ansin cheana féin, ach ná cuireadh siad sin aon chorrabhuais oraibh ach an oiread.'

Agus shroich siad an stábla agus chuaigh siad isteach ann agus chonaic siad go raibh sé go maith. Bhí coinnle ar lasadh gach aon áit agus bhí maisiúcháin dhaite ar crochadh ar fud na háite. Istigh sa chúinne ann bhí crann mór glas i bhfoirm triantáin ag gliúcaíocht orthu. Agus ar an gcrann san, leis, bhí maisiúcháin eile, agus liathróidí beaga solasmhara, agus féiríní arna gclúdach le páipéir a raibh splincíní geala ag lonradh orthu. Agus bhí cuileann in airde i mullach na háite, fara le craobhóga den drualus ar sileadh anuas.

Agus ansin leath a súile orthu nuair a chonaic siad na

hainmhithe nach raibh aon ainm acu orthu. Dhá cheann díobh a bhí ann, duine díobh a raibh beanna móra lastuas air ionas go gceapfá go raibh sceach gan duilleoga ag fás ar a cheann. Agus an duine eile mar a chéile ach í i leith na bige.

Agus san fhuinneoig bhí bosca beag de bheithilín, ina raibh figiúir bheaga ina seasamh, caipíní orthu agus casúir ina lámha mar a bheadh abhaic ann a raibh saothar le déanamh acu.

Ba mhó fós an t-iontas a bhí orthu nuair a chonaic siad an fear laistigh.

'Cé sibhse?' d'fhiafraigh sé, ach ní go borb ar fad, mar bhí an fhéile i ngar dóibh.

'Mise Seosamh, agus seo í mo bhean, Muire, agus cé tusa, agus cad tá á dhéanamh agatsa anseo?'

'Mise ar nós cách,' arsa an fear, 'táim anseo ag feitheamh leis an slánaitheoir.'

'An slánaitheoir?'

'Is ea, deirtear go dtiocfaidh sé lá ar bith feasta gona róbaí dearga ina charr sleamhnáin á tharraingt ag foireann réinfhianna aduaidh.'

Tuí agus Ór

'Ná bíodh eagla oraibh,' adúirt an t-aingeal leis na haoirí caorach, 'mar tugaim scéala daoibh ar lúcháir mhór go bhfuil slánaitheoir beirthe dhaoibh agus gheobhaidh sibh fillte in éadaí é ina luí sa mhainséar ag bun an chnoic.'

Agus d'imigh na haoirí ar luas agus fuair siad Muire agus Seosamh agus an leanbh ina luí, agus labhair siad go fada bog binn leo, agus choimeád Muire na labhartha sin á mbreithniú ina croí. Agus thug siad bronntanas d'uan óg dóibh, agus luachair ón gcnoc, agus tuí tirim le go mbeadh compord sa bhreis ag an leanbh.

Agus laethanta beaga ina dhiaidh sin tháinig ríthe anoir faoi sholas réalta a stad os cionn na háite ina raibh an leanbh. Agus chuadar isteach, agus chonaiceadear an leanbh agus shléachtadar dó agus d'adhradar é, agus thugadar bronntanais dó, ór agus túis agus miorr.

Agus féach, bhí na haoirí fós ann, isteach is amach feadh an ama, mar thuig siad go maith a leochailí is a bhí an bheatha. Agus chrom siad ar a bheith ag féachaint ar na ríthe gona róbaí fada a bhí ag glioscarnach i súile sholas an linbh, agus rinne siad iontas de na dathanna spiagacha a bhí orthu, agus leath a mbéal orthu nuair a thug siad faoi deara na hataí arda a raibh spící orthu a dhein cuimilt le díon an stábla.

Agus d'fhéach siad ar a gcuid giobal féin agus ba dhóbair dóibh náire a ghlacadh. Ach chonaic siad a raibh á chaitheamh ag an mbean agus ag an bhfear a bhí os cionn an chliabháin, agus ní raibh aon hataí arda orthu, ná dathanna trína gcuid éadaí, agus má bhí glioscarnach timpeall orthu, is astu féin a tháinig.

Agus chrom Caspar, duine de na ríthe, ag caint agus is ea adúirt sé: 'Nach é seo an lánfhoilsiú eascaiteolaíoch atá nochtaithe chugainn go tarchéimnitheach inniu?'

Agus dúirt duine de na fir ón gcnoc: 'Is é an t-aoire maith é, ceart go leor.'

Agus d'fhéach na ríthe ar a chéile, mar ba léir nár thuig siad cad a bhí á rá aige.

Agus ansin dúirt Meilcíór, ós é a bhí ann: 'Fianaím gurb é seo achtáil dheireanach an phrionsabail antrapalárnaigh ina gcomhlánaítear tiomnú Dé san dealagáidiú uaidh i réaladh an duine.'

Agus labhair aoire eile anuas ón gcnoc: 'Tabharfaidh sé aire mhaith dúinn, ceart go leor.'

Agus d'fhéach na ríthe ar a chéile arís faoina bhfabhraí troma, mar is léir go raibh mearbhall go brách orthu. Agus d'iniúch siad na ceirteacha a bhí á gcaitheamh ag na haoirí, óir ní raibh cleachtadh acu ar a leithéid san áit as a dtáinig siad. Agus rinne siad iontas ina gcroí cé lig isteach iad nó cad a bhí á dhéanamh acu ann.

Agus d'fhéach Muire go grámhar ar a haon mhac mar thug sí faoi deara go raibh a chosa á luascadh aige sa mhainséar, óir leanbh ba ea é a bhí go ciúin suaimhneach go dtí sin.

Agus ansin is ea adúirt Baltasár: 'Forchéimním ó eachtra an lae seo go habsalóideach éaguimseach i dtaithleach ar staid iarthitime an duine gur réamhfhíorú is ea an taispeánadh seo don teileolaíocht a bhfuilimid ag gluaiseacht go sainbhríoch is go comhréireach ina leith ó cheann na cruinne.'

Agus dúirt an t-aoire nach ndúirt giob go dtí sin, amhail is gur duine é a lean an bhailbhe air roimhe seo: 'Am baiste, móide, mhuis, tabharfaidh sé aire do na caoirigh ceart go leor.'

Agus chonacthas Caspar agus Meilcíór agus Baltasár ag iarraidh a gcloigeann a thochas, agus ag teip orthu, óir ní raibh cleachtadh acu ar a gcloigeann a thochas toisc giolla a bheith ar fáil acu chuige sin.

Agus fiú thug Seosamh féin faoi ndeara go raibh an leanbh álainn ag corraíl agus go raibh an deirge ag dúiseacht ina phluca. Ach fós féin, choinnigh sé miongháire ar a bhéal, óir b'fhear fíréanta é; agus d'ísligh Muire a ceann, óir bhí tuirse uirthi tar éis a híona féin agus níor theastaigh uaithi an méid a bhí ina croí a rá.

Agus is ansin a ghlan Baltasár a scornach arís, agus is ea a ráidh: 'Bíodh nach gcraobhscaoilfear na hagrafa seo de réir dhóchúlacht na praitinniúlachta, is féidir a aibhsiú go bhfuil an tráth seo insilte le heisileadh an ionchais nach féidir a thabhairt i ngrinneas ná a shuaithniú gan chointeampláid ar an gceiríogma a athchóireofar as seicheamh smaointe gan artabháil ag rinnfheitheamh a bheadh éaguibhreannach le hortapracsacht.'

'N'fheadar,' arsa buachaill an chnoic a bhí beagáinín saonta, 'ach ní cuimhin liom rud ar bith mar sin á rá ag an aingeal.'

Lig an bhó géim aisti.

Dhein an t-asal gángarnach.

Thosnaigh na huain ag méileach.

Lig Íosa scread.

Santa agus an Saol Nua

Bhí an oíche mhór thart. Bhí Santa agus a chuid giollaí tuirseach traochta caite spíonta tar éis a gcuid saothair. Ní raibh dé iontu. Ba chuma nó sifíní sa ghaoth iad. Is iad a bhí tréith, tinn, tuirseach, dú dóite, agus dá n-inseofaí an fhírinne níor mhaith leo bréagán eile a fheiscint go deo arís … nó go dtí an bhliain seo chugainn.

Is iad a bhí ag cur allais in ainneoin an fhuachta. Shíl siad ar tús tuirlingt in Hevonperseenmukta ach bhí an iomad sneachta ann agus b'éigean triall ar Saaranpaskantamasaari ar deireadh. Bhí cúpla bréagán fágtha fós toisc tithe nach raibh cead isteach acu iontu, agus de bharr pusacháin de thuismitheoirí a bhí ar a mionda draíocht na hóige a mharú os cionn an chliabháin.

Thuirling an carbad aeir. B'éigean do Shanta a chuid géag a luail, is a chosa a shíneadh, is a mhuineál a chasadh, is a mhéara a chroitheadh, is a dhrom a dhíriú is gigildí gogaidí a dhéanamh le ladhraicíní a chos á gcur ag gluaiseacht. Ní mór nach raibh sé reoite.

Ba mheasa fós go raibh meáchan mór curtha suas

aige ar an turas. Na pióga sin go léir ar ghá cuid acu a thabhairt do na réinfhianna agus na bolgaim bheaga den uisce beatha ceann ar cheann, chuaigh siad i bhfeidhm air. Ba dhóbair dó a bheith sáite i simné amháin i mBaile na mBolg agus ar éigean gur éirigh leis éalú an doras amach i gCathair na gCorp gCeartbheathaithe.

Thar aon rud eile, áfach, bhí tuirse air. Theastaigh uaidh luí siar ar a leaba ina gcoinneodh seithí na n-ainmhithe a mharaigh daoine eile slán é.

Is é nach raibh coinne ar bith aige leis, na Gardaí aeráide.

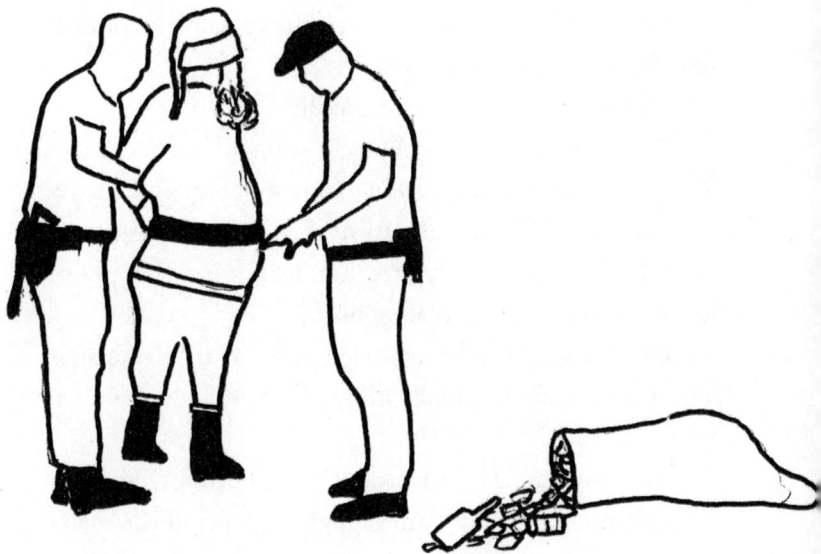

Bhí siad roimhe lena gcuid mascanna ar a n-aghaidh acu agus giúirléidí tomhais nach bhfaca sé riamh cheana. Faisc-chláir le hucht acu a léirigh cuma an údaráis. Gramhas orthu a fuair siad de thoradh oiliúna chéad bhliana.

'Cé thusa?'

'Santa.'

'Santa cé hé?'

'Santa na mbuachaillí agus na gcailíní.'

'Ná bí smeartáilte. An bhfuil ceadúnas agat?'

Chuaigh Santa ag póirseáil isteach ina chuid pócaí agus shín giobal éigin páipéir dóibh. Scrúdaigh duine den phéas é, duine a bhí óg tráth, ach ní ar an saol seo.

'Tá seo as dáta,' ar seisean, 'le breis agus céad bliain.'

Bhí mearbhall ar Shanta: 'Ach níor lorgaíodh aon rud mar seo uaim ó 1847,' ar seisean, 'agus an uair sin ceapadh go raibh prátaí sa mhála agam'.

Dhein na Gardaí gáire magaidh.

'Is léir go mbaineann tú leis an seansaol,' ar siad d'aon ghuth. 'Ní sheachadtar prátaí níos mó,' agus dhein na Gardaí go léir scairteadh gáire d'aon ghuth. 'Agus an bhfuil do theastas sábháilteachta aeráide agat id phóca thíos?' arsa na Gardaí d'aon ghuth.

Ba léir mearbhall beo go héag a bheith ar Shanta agus chroith sé a chuid guaillí móra tinne idir chuma liom agus ainbhios.

'Is chuige atáimid,' ar siad d'aon ghuth, cé go raibh duine amháin beagán chun tosaigh ar an gcuid eile mar a bheadh macalla ar an raidió, 'ná go bhfuil fionnta againn go bhfuil breis agus 40,000 tonna den ghás ceaptha teasa scaoilte amach agat agus ag do chuid réinfhianna i gcaitheamh na hoíche aonair singilte seo amháin. Is leor de dhochar an méid sin ar son na hoíche anocht. Cén droch-chaoi a bheadh orainn sa chás is go mbeadh an chamchuaird seo á déanamh agat gach oíche? Tá de dhualgas orainn stop a chur leat anois ball díreach.'

Agus leis sin, ghabh siad é le boltaí ceangailte crua agus thugadar na réinfhianna chun an tseamlais d'fhonn stéigeanna a dhéanamh astu, agus chualathas guth ag éamh as an gcarcair – 'ach na cailíní … agus na buachaillí…'

Ag an gCrosbhóthar

Bhí timpiste ghránna ag an gcrosbhóthar. Maraíodh scata ach níorbh fhios cé a bhí ciontach. B'éigean fiosrú.

Anoir a tháinig an tAire Tithíochta agus Lonnú Daoine ina ghluaisteán mór galánta Seapánach ar íoc lucht airgid isteach air. Bhí comhad mar gheall ar thuairimí vótála a cheantair féin á mheas aige, agus tuairisc ar an nganntanas tithíochta ar an urlár faoina chosa. Chaithfí aghaidh a thabhairt ar an ngad ba ghaire don scornach. Bhí sé ag smaoineamh ar an mbéile isteach a fuair sé aréir ón ngiolla bóthair ón mBrasaíl a dhein é a sheachadadh chuige in ainneoin gur chuala sé uaidh gur dhóbair dó ó dhaoine dúchais a bhí ag iarraidh an bia a bhaint de. Ní fhaca a thiománaí Polannach na gluaisteáin eile a bhí ag teacht aniar, aduaidh agus aneas ag an gcrosbhóthar. Chualathas an rap i gcéin is i bhfad.

Aneas a tháinig an tAire Talmhaíochta, Portaigh agus Uisceolaíochta ar a rothar glas a déanadh cúpla millún aermhílte thoir sa Téaváin. Bhí tuirse uirthi mar bhí sí go díreach tar éis filleadh ón gcruinniú mullaigh cruinneolais chruinne in Dubai mar gheall ar théamh an domhain cé nárbh ar naomhóg a chuaigh sí ann ag rámhaíocht. Bhí tuairisc á léamh aici ar a fón thar a bheith cliste a raibh codanna ann a bailíodh ó shloc dorcha sa Chongó agus a bhfuair iliomad páistí bás de dheasca na sclábhaíochta arbh í a dhein an gléas chomh saor sin. Ní fhaca sí an gluaisrothar a iompórtáil fear óna dáilcheantar féin go mídhleathach agus é ag teacht ar luas a dhein lasracha faoina déin. Chualathas an tailm i bhfad is i gcéin.

Aniar a tháinig an tAire Cailce, Ríomhairí, Meán Sóisialta, Giúirléidí Nua agus Oideachais ina chairt mhór throm a shúfadh an ola as an talamh chomh gasta le scairdeitleán ar a ruathar timpeall na cruinne. Bhí páipéir á léamh aige mar gheall ar ghearáin mhúinteoirí nach bhféadfadh teach a cheannach sna bailte móra go fiú is dá mbeadh siad pósta le múinteoir eile, nó le feirmeoir, nó le Garda Síochána féin. Bhain sé sult thar a bheith mór as seo, mar ba mhúinteoir tráth é ar tháinig ciall chuige, agus dhein sé gáire ciúin a bhainfeadh ramsach as pábháil an bhóthair mura mbeadh neart an ghluaisteáin a bhí faoina thóin. Ní fhaca a thiománaí as an Úcráin an leoraí a bhí á thiomáint ag duine óna cheantar féin ar deoraíocht san ardchathair agus a dhein imbhualadh glan néata isteach ina shoc go díreach. Chualathas an búm búm búm tamall fada ón láthair.

Aduaidh a tháinig an tAire Maoine, Sealúchais, Speilpe, Bancanna a Shábháil agus Caipitleachas na gCearrbhach. Ar a shlí isteach ón aerfort a bhí sé tar éis dó freastal ar chruinniú de zilliúnaithe an domhain agus bhí na bronntanais a sairsingíodh air á muirniú go sásta aige ar chúl an Mheirc. Bhí dea-chuimhne aige ar na síceanna agus ar bharúin na cruinne a casadh uime feadh an ama agus ar na bianna breátha blasta a leag giollaí as tíortha céine eile os a chomhair cé gurbh fhearr leis cabáiste baile agus prátaí rósta. Ní fhaca an tiománaí tacsaí an neach a shiúil amach gan choinne luchtaithe le féiríní Nollag nárbh fhéidir iad a iompar ar an méid díobh a bhí ann, agus a caitheadh san aer fara na beartanna go léir nuair a theangmhaigh sé le boinéad an ghluaisteáin. Bhí toradh an airgid scaipthe ar fud an bhóthair.

B'éigean binse fiosraithe oifigiúil a chur ar bun d'fhonn cúis agus tosca na dtimpistí seo a thaighdeadh is a thuairisciú.

Níor thóg sé rófhada. Bhí na breithimh urramacha ar aon fhocal.

Inimircigh ba chúis leis an trioblóid go léir.

Bronntanas Lofa

'Chuala mé go raibh cuairteoirí agaibh?' ar seisean, arsa an fear isteach, i bhfoirm ceiste.

Bhí Muire agus Seosamh agus an leanbh beag ar tí imeachta nuair a nocht sé sa doras. Bhí a gcip is a gcuid meanaithí ar dhroim an asail, an bhó le fágaint sa stábla. Na caoire imithe chun cnoic ar ais.

'Nach bhfaca mé tusa cheana?' d'fhiafraigh Seosamh.

Ba léir go raibh corrabhuais éigin ar an bhfear, óir bhí bosa a dhá láimh aige á gcuimilt le chéile. É ag féachaint ar a smig, á scrúdú.

'Níl a fhios agam,' ar seisean, 'is cinnte nach raibh mé riamh timpeall ar an áit seo.'

'Ach chonaic mé tú, táim cinnte go bhfaca mé tú,' arsa Seosamh, 'tamall gairid ó shin. Thíos ansin sa bhaile, b'fhéidir.'

'B'fhéidir go bhfaca, b'fhéidir go bhfaca, cá bhfios,' arsa an fear sa doras, 'ach an fíor go raibh cuairteoirí agaibh?'

'Is fíor. Buachaillí caorach a bhí go deas mánla deabhéasach. Ba dhóigh leat gurbh aingil iad ar a n-iompar.'

'Agus ar thug siad rud ar bith daoibh, tá's agat, rud ar bith mar bhronntanais?'

'Thug.' Muire a labhair. Bhí pianta na breithe fós ag cur uirthi agus í lag ina hiompar. 'Thug siad bronntanais go fial dúinn. Thug siad ceol agus amhráin agus gach dea-ghuí dúinn. Is trua gurbh éigean dóibh filleadh.'

'Is ea, sea, sea, sea, sea, sea,' arsa an cuairteoir, agus cúr breá bog bláith lena bhéal, 'ach nach raibh cuairteoirí eile agaibh, cuairteoirí nach raibh chomh … mar adéarfá … chomh, mar adéarfá … chomh bocht leo?'

'Ó bhí, bhí, bhí, bhí, ' arsa Seosamh, 'dream gealt anoir adúirt gur lean siad na réaltaí, agus d'fhág siad cúpla beart anseo ina ndiaidh.'

'Cad a bhí sna bearta?' arsa mo dhuine go cíocrach.

'Mar a tharla, bhí stuif, tá's agat féin, stuif nach raibh feidhm rómhór leis.'

Is ansin a baineadh stangadh as Seosamh. D'aithin sé an fear.

'Is tusa fear an tí ósta,' ar seisean, 'tusa a dhiúltaigh áit dúinn is a chuir amach sa stábla sinn.'

'Bhí an áit lán.'

'Bhí fuílleach spáis ann,' arsa Seosamh, fear ar dheacair fearg a chur air, ach mar sin féin, mhothaigh sé go raibh éagóir déanta orthu. 'Chonaic mé daoine ag dul isteach ann go tiubh an lá dar gcionn. An é go rabhamar róbhocht daoibh is nach ligfí isteach sinn?'

'Níorbh é sin é,' arsa an fear sa doras, ag cúbadh

chuige féin beagán, 'ach bhí gearáin á ndéanamh.'

'Gearáin? Inár n-aghaidhne? Níor dheineamar dochar d'aon duine riamh.'

'Bhuel, ní in bhur gcoinne ar fad,' arsa fear an tí ósta, 'ach an bhean agat.'

Bhí iontas ar Sheosamh. 'Mo bheansa? Cad ab áil leo léi? Cén locht a bhí uirthi?'

Shloig sé siar pé rud a bhí ina scornach. 'Ná héadaí a bhí á gcaitheamh aici. Tá's agat féin. An chaille sin. An scairf sin ar a cloigeann. Tá amhras ar mhná anois a mbíonn caille nó scairf á caitheamh acu. Chaillfinn custaiméirí dá ligfinn isteach í. Is gairid go mbeidh sé in aghaidh an dlí.'

Ba dhóbair do Sheosamh pléascadh, ach bhí turas fada os a gcomhair amach agus bean agus leanbh le tabhairt slán. Mhúch sé na focail ina phluc.

'Ach na bronntanais sin,' arsa mo dhuine arís, 'an bhfuil siad fós agaibh? Thabharfainn airgead maith orthu, tá's agaibh.'

'Bhaineamar leas as an túis agus an miorr chun boladh deas a chur sa stábla, óir bhí cac na bó a d'fhág tú againn ag goilleamh orainn. Maidir leis an ór, beidh sé á chaitheamh síos sa pholl is domhaine san fharraige agam, mar loitfeadh sé an saol orainn, mar a loiteann do chách.'

An Tost á Scagadh

(don tréimhse i ndiaidh na Nollag)

Nár airigh tú é? Nár thug tú faoi ndeara cheana é? An bhfuil tú bodhar ar fad, nó an amhlaidh go raibh cónaí ort ar phláinéad éigin eile? Mhothaigh mé féin é an mhaidin cheana agus mé ag siúl amach ar an sioc. Bhraith mé an folús i dtosach, agus de réir a chéile tháinig rud éigin eile isteach ina áit. Ba bhinn liom an madra ag amhastraigh go fiú is má thug sé áladh faoi chois mo bhríste. Guldarnach innill i bhfad uaim, ar comhartha é go raibh na Polannaigh tosnaithe ag obair arís, ba dhóbair dom fáilte a chur roimhe.

Chuala mé nuacht an lae den chéad uair le tamall. Níor ghá mórán airde a thabhairt air, in ainneoin mo dhóchais, bladar éigin mar gheall ar gheaing nua pholaitiúil nárbh fhine ghoul ná feannadh fáil ná an luch oibre ná muid féinig iad. Beagán eile um chomhaireamh cloigne i gcás go mbeadh olltoghchán ann uair éigin. Ach i leataobh uaidh sin, b'é an ciúnas ar thugas suaithinseacht dó.

An tost síoraí. An bháine fuaime nár airíomar le míonna fada anuas. Ábhar eile ag ionsaí ár gcluasa ar deireadh. Comhartha, b'fhéidir, go raibh saol eile amuigh ansin a ligeadh i ndearmad. Fianaise nár samhlú ar fad an t-am sin sular réabadh caille an ghnáthshaoil.

Cad d'imigh air, Rudolf na sróine rua, agus Basher agus Dancer agus Duncer agus Vixen agus Copit agus Stupid agus Doner Kebab agus Blitzen (agus Olive, an réinfhia eile), gan trácht ar an drumadóirín beag a chuaigh reat-a-tait-tait, agus na cloigíní ag clingearnach tríd an sneachta, agus na cnónna chrann capaill á róstadh ar an tine, agus tú ag taibhreamh faoi na Nollaigí sneachtúla mar a bhíodh againn fadó, agus an dá fhiacail tosaigh úd arbh iad a theastaigh uait go dóite, agus an phatraisc sa chrann piorraí, agus na trí chearc fhrancacha, agus na cúig fáinní óir, agus na cailíní deasa crúite ag bleán, agus na mná uaisle ag rince, na tiarnaí ag pocléimnigh, na píobairí ag píobaireacht, agus an tsióg ar spíce an chrainn?

Nárbh iad a bhí farainn gan sos gan sánas gan stop gan staonadh gan stuanú le cúpla mí anuas ionas gur dhóigh leat gur mhian leat na réinfhianna a róstadh ar an tine oscailte, an dá fhiacail a bhualadh siar ina bhéal ar Shanta Claus, agus spíce an chrainn a shá isteach sa chéad neach eile a cheolfadh ceann ar bith díobh.

Agus cogar seo liom: cad a tharla don bhuachaill beag ar dhein Santa dearmad air, is nach raibh a fhios aige go raibh tú go deas nó go dána, is nach raibh Santa ag triall chun an bhaile, agus ag teacht anuas an simné anocht, agus nach bhfacthas Mamaí á phógadh faoi bhun an drualusa, agus nár fhág sé bronntanas ag Frostaí an fear sneachta, agus nár theastaigh uait a scornach a sciúgadh tar éis cúpla seachtain…?

Is dóigh leat go bhfuil an saol ar ais ar a sheanléim, ach féach ort timpeall. An bhfuil spíonlach an chrainn Nollag scuabtha súite isteach go fóill? Bíodh cuma mhaith ar an seomra suite nó ná bíodh, is féidir a bheith deimhnitheach de go bhfuil cúpla ceann i bhfolach go sleamhain slán buailte ar fiarlaoid dóibh féin laistiar den phianó sin a cheannaigh tú dod iníon trí bliana ó shin is nár seinneadh port ar bith air fós.

Agus féach – nó, b'fhearr fós – ná féach ar na bréagáin ar chaith tú oiread sin dua leo agus a bhfuarthas oiread sin pléisiúir cúig nóiméad astu maidin lae Nollag. Má tugadh póg don fhurbaí beag bog sin cúpla uair, ar tugadh póg ar bith eile dó tar éis lá le Stiofáin? Mura bhfuil an Mariokart ag obair níos mó cá bhfuil sé anois? Cén fáth an bhfuil an píosa Lego sin a cailleadh is ar caitheadh oiread sin ama á lorg ar fáil anois sa mharóg nár itheadh fós?

An raibh tú rófhlaithiúil nuair a cheannaigh tú an Transformarán Stompach Clumpach sin, dá mhéid aireachas is nár tugadh dó – ach níl luach ar bith ar shonas an linbh agat, nach fíor – go háirithe nuair a caitheadh formhór an lae ag súgradh leis an mbosca féin?

Nó b'fhéidir gur cheannaigh tú Elsa Ghlioscarnach

Reoite do chailín óg do chroí toisc go ndúirt Disney leat é, agus bhí té díobh ag gach cailín eile. Is fíor go raibh amhras ort nár íoróin ar fad é banphrionsaí a bheith reoite agus gur droch-cháil a bhí ar a bhformhór, ach scaoil tú an méid sin tharat ar son na Nollag.

Ach tá áthas anois ort nach dtógfar amach níos mó í, ar nós nach gcloisfear feasta Rudolf á cheol, ná na dinglí chloigíní á gclingíneacht... Nach bhfuil? Lándáiríre? Admhaigh é!

Lucht Siúil

Nuair a ráinig Muire agus Seosamh baile Bheithil is iad a bhí spíonta caite traochta. An t-asal féin ba bheag nach raibh sé ar a chosa deiridh. Is fíor go raibh siad sásta codladh a dhéanamh áit ar bith a bhféadfadh siad a gcloigeann a chur síos, ach tháinig pianta ar Mhuire agus buaileadh isteach ina n-aigne nárbh fholáir leaba a fháil, leaba ar bith, d'fhonn luí síos uirthi.

An chéad teach ósta ar bhain siad triail as bhí sé lomlán de lucht cearrbhachais, agus aos díslí a chaitheamh, agus cleasaithe na gcártaí a bhí ag ullmhú i gcomhair an tslua isteach de chábóga, lucht sléibhe agus trudairí triúch.

Thug Seosamh ar a mhalairt slí iad.

An chéad áit eile ar tháinig ann dóibh, ní raibh mórán níos fearr. Saighdiúirí ann, agus lucht daonáirimh a chomhaireamh, agus giollaí an impire maille le hísleánaigh lúitéise agus ógánaigh ar a seans. Lasmuigh den doras bhí slua ar a ragairne, cuid acu ag amhrán, cuid eile ag caitheamh aníos chomh daite is ab fhéidir leo.

Rith sé le Seosamh gurbh fhearr dóibh dul go himeall

an bhaile mar a bhí an oíche níos ciúine agus nach raibh oiread sin daoine ag rancás. Chonaic sé uaidh teach ósta beag teaghlaigh in aice le crann olóige agus a raibh solas beag fann amháin ar lasadh laistigh. Bhí glan, slachtmhar, slán. Meisceoir ar bith ní raibh lasmuigh, ná duine ar bith ag imeacht ar a bhéal is ar a fhiacla, ní lú ná amhráin go lánghlórach ag dul laistigh. Fear deas gealgháiriteach ba ea an t-óstóir, rua sna pluca, agus an chuma air gur thaitin stéig ghabhair agus próca fíona leis.

'Móra, móra,' d'fháiltigh sé roimh Sheosamh, 'cad is féidir liom a dhéanamh duit?' Is dócha uair agus uain eile go ndéarfadh sé 'go raibh lá maith agat,' ach ní dúirt.

'Táim ag iarraidh seomra don oíche, b'fhéidir cúpla oíche,' arsa Seosamh leis, is mhínigh a chás, a imthosca agus a dhála dó.

Dhein an t-óstóir é a ghrinneadh go mion, miongháire ag leathadh ar a aghaidh ó chluas go cluas, agus ó fhiacail go fiacail, ach nó ar a laghad ó shúil go súil. 'Tá fíorbhrón orm. Táimid lán go doras. Is dona liom é. Ní anocht ar aon tslí.'

Ach nuair a chonaic sé an díomá i súile Sheosaimh bhog a chroí de bheagán agus dúirt sé: 'Féach, tá iarracht de scioból, saghas iothlainne nó stábla amuigh ansin ar chúl. Is féidir leat tú féin, do chip is do mheanaithí a chaitheamh anuas ann, fad is nach gcuireann tú isteach ar an mbó.'

Ach nuair a d'imigh Seosamh, Muire agus an t-asal, tháinig iníon an óstóra anuas an staighre agus cuthach feirge uirthi.

'A Dhaid!' ar sise. 'Cén fáth ar dhein tú é sin? Tá's agat go bhfuil an teach ósta leathfholamh. Tá fuílleach spáis againn. Ní thagann aon duine amach don taobh seo de thóin an bhaile. B'fhurasta iad a thógaint isteach. Cad chuige iad a dhíbirt?'

'An é nár airigh tú iad?' d'fhreagair an t-óstóir. 'Nár chuala tú a mblas cainte? Ó Ghaillimhí nó áit éigin. Níl an seoladh ceart acu. Ní fios cad as iad. Níor déanadh aon fhiosrúchán orthu. B'fhéidir gur tincéirí, lucht siúil iad, cá bhfios? Agus ar aon tslí, nach bhfaca tú an bhean? Bhí sí trom le leanbh!'

Féiríní na Féile

Tharla, áfach, ins na laethanta sin go ndeachaigh reacht amach ó Chaesar Ágastas go ndéanfaí áireamh ar an domhan go léir. Agus ghluais na daoine go léir chun go ndéanfaí iad a áireamh, gach aon duine ina chathair féin. Agus chuaigh na sluaite go léir ó Amairiá agus ó Seárón agus ó bhaill eile go cathair Dháibhí ar a dtugtar Beithil toisc gur de shliocht Dháibhí iad le sinsearacht, agus ba líonmhar a méid.

Agus tharla, mar sin, go raibh an baile plódaithe agus ag cur thar maoil ionas gur chuaigh sé de dhícheall mórán daoine bheith istigh a fháil nó áit chun luí. B'éigean dá lán codladh lasmuigh nó i bpluaiseanna ar imeall an bhaile, nó i stábla nó iothlainn féin dá mbéarfaí crua orthu.

Bhuail an fear seo suas go dtí an teach ósta ab fhearr a bhí san áit agus d'iarr isteach.

'Is amhlaidh go bhfuilimid lán cheana,' arsa an t-óstóir, 'nach bhfeiceann tú na daoine laistigh ag rancás agus ag ceiliúradh, ag ól is ag ibhe, ag caint is ag caitheamh díslí.'

'Chuige sin atáim,' arsa an fear, 'ní codladh na hoíche atá uaim dáiríre ach tamall spóirt ina measc, ag spraoi agus pléiseam, sin an méid.'

'Ceart go leor, mar sin,' arsa an t-óstóir ó d'aithin sé gur dócha go raibh sparán teann ag an bhfear seo agus go mbeadh sé toilteanach airgead a scaipeadh chomh maith le cách.

Scaoileadh isteach é.

Tugadh faoi deara go raibh mála mór ar a dhroim lastuas den fheisteas dearg, mála ba sheacht mó ná an méid ba riachtanach chun taistil agus gluaiseachta.

Leag sé uaidh ar an urlár é nuair a d'éirigh leis spás a fháil dó féin. Chrom ar an mála a oscailt.

Thóg sé tamall ar a raibh istigh é a thabhairt faoi deara. Bhí amhrán ag dul i gcúinne amháin, bíodh nach raibh mórán ag éisteacht; óráid ar siúl i gcúinne eile agus í ag éirí teasaí; baicle ag gáire um a ngliceas féin i gcúinne eile fós, fad is a bhí lár an urláir gafa ag páistí óga ag iarraidh folach bíog a imirt idir crann na gcos a bhí ina dtimpeall.

Tharla gur duine de na páistí sin a chonaic ar tús é. Bábóg bheag bhuí a raibh gruaig ina cuacha uirthi. Lig osna anála a chiúnódh an saol agus leath na súile uirthi.

'Duitse é seo,' arsa an cuairteoir isteach, 'sea, tóg leat é!'

Ba ghairid go raibh na páistí eile go léir ina thimpeall agus bronntanais á scaipeadh aige orthu, dealbh adhmaid don duine seo, crann tabhaill ornáideach do dhuine eile, caisil dhaite do dhuine eile fós.

Agus tharla go raibh bianna blasta aige don slua, fígí

anoir as an mBablóin, pomagránaití súmhara de shaghas nár blaiseadh riamh san áit seo, abhacáid chomh mór le huibheacha an fhéinics.

'Hé! Hé!' scairt an t-óstóir nuair a chonaic sé cad a bhí ar siúl. 'Níl cead aon díol ná ceannach laistigh den teach seo!'

'Ní haon díol ná ceannach é seo,' arsa fear an mhála, 'tá bronntanais á dtabhairt agam do na daoine seo, tá's agat in ómós na féile.'

'Cén fhéile?' d'fhiafraigh an t-óstóir. 'Ní haon fhéile í seo, tá daonáireamh le tógáil, sin an méid.'

'In ómós an linbh a saolaíodh anocht, a deir gur cheart dúinn a bheith fial agus flaithiúil agus carthanúil agus cuiditheach le chéile.'

'Cén saghas amaidí buile í sin? A bheith fial agus flaithiúil! Dá leanfaí sin ní bheadh aon díol agus ceannach ann, ní bheadh aon mhargadh ann, ní bheadh aon ghnó ann, ní bheadh aon bhrabús ann. Thiocfadh deireadh leis an domhan! Cá bhfuil an leanbh seo ionas gur féidir linn é a mharú?'

Fís, Fís Eile

Duine díobh sin ba ea Ámós. Bhí an dá radharc aige. Radharc abhus agus radharc thall. Ba mhinic nithe á bhfeiceáil aige nach bhfaca daoine eile. Dar lena chairde agus a lucht aitheantais fáidh ba ea é. Dhiúltaigh sé féin don teideal, óir ní raibh ann ach aoire caorach simplí. Má bhí sé in ann an aimsir a thuar b'in fios a bhí ag gach aoire caorach, agus ar aon nós bhí an aimsir a bheag nó a mhór mar a chéile gach lá. Te agus brothallach.

Ach bhí a fhios ag na comharsana go raibh níos mó ná sin ann. Nuair a bhí bean ag súil le leanbh bhí a fhios aige cé acu cailín nó buachaill a bhí le bheith ann. Ní raibh dul amú riamh air. Dúirt sé gurb eolas é sin a bhí ag gach bean thorrach ar aon nós.

Bhíodh daoine ag triall air féachaint cén fear nó cén bhean ar chóir do dhuine a phósadh, agus bhíothas ar aon aigne go ndéanadh sé breith cheart i gcónaí. Ach thaitin sé leis a bheith ina aoire caorach ionas go bhféadfadh sé tamall a chaitheamh leis féin nó leis na haoirí eile ar an gcnoc gan daoine á chrá.

Bhain sé geit astu an oíche áirithe sin nuair a d'fhógair sé do na haoirí caorach eile éisteacht.

'An gcloiseann sibh é?' d'fhiafraigh sé.

'Ní chloisimid tada,' ar siad, 'cad tá ann?'

'An ding deaing go meidhreach sna harda,' ar seisean, 'mar a bheadh aingil ag ceol.'

Cheapfaidís go raibh sé as a mheabhair ach amháin go raibh ardmheas acu air, agus ní dhéanfadh sé scéalta a chumadh.

'Téanam oraibh,' ar seisean leo, 'caithfimid imeacht go dtí an baile. Tá rud mór tar éis tarlú.'

'Ach na caoirigh,' d'fhiafraigh buachaill díobh, 'cé a thabharfaidh aire dóibh anocht?'

'Ná bí buartha,' ar seisean, 'tabharfaidh an t-aoire maith aire dóibh.'

Ghluais siad leo gur ráinig siad an baile. Bhí iontas ar na haoirí mar ní raibh aon sioscadh mór san áit, seachas plód daoine, agus bhí a leithéid feicthe cheana acu.

'Lean mise,' arsa Ámós, agus threoraigh sé iad go dtí stábla beag ar imeall an bhaile. Is ann a bhí bó, asal, fear, agus bean a bhí tar éis leanbh a thabhairt ar an saol. Má bhí sí fann, bhí aoibh an gháire ar a béal agus an leanbh ina baclainn aici. Bhí sí ag caint leis an leanbh, agus ag cogarnaíl agus ag portaireacht go bog binn.

Bhí fonn portaireachta ar an aoire chomh maith ach ba ghairid nach raibh aon ghá leis an tseoithínteacht seo agus leis an suantraíáil. Bhí an leanbh ina chodladh.

Leag an bhean an leanbh go cúramach isteach sa

mhainséar a raibh gnó an chliabháin á dhéanamh aige. Ní raibh gíocs as.

Chuaigh na haoirí á iniúchadh. Bhí nithe áirithe le rá ar ócáid mar seo. 'Lena athair … lena mháthair a chuaigh sé…' ach toisc nach raibh aon aithne acu orthu ní dúirt siad faic.

Nuair a bhí an ghliúcaíocht déanta sheas na haoirí siar ach amháin Ámós. Bhí a shúile sáite ann. Bhí an bhean

agus an fear ag déanamh iontais de, an tslí a raibh seisean ag déanamh iontais den leanbh.

Bhí leathshúil an aoire ag rince le háthas fad is a bhí an leathshúil eile chomh dorcha le pic.

'Cad tá ort?' d'fhiafraigh an fear, óir chuir dreach an aoire mearbhall air.

'Is amhlaidh,' ar seisean, arsa an t-aoire, 'is amhlaidh go bhfuil an leanbh go hálainn mar a bhíonn gach leanbh, ach féach, ar thaobh seo an chliabháin feicim grá, ospidéil, foghlaim, carthanacht, seirbhís, míorúiltí … ach ar an taobh eile feicim troid agus fuil, biogóideacht, céasadh, leithscéalta, fuath agus caoile intinne…'

Ar Bhur Slí Amach...

Agus ansan nuair a rugadh Íosa i mBeithil Iúdáia sna laethe sin tháinig draoithe agus saoithe agus taidhleoirí agus daoine eile gaoismheara ón domhan thoir, agus níos tábhachtaí fós ón domhan thiar, agus is ea adúirt siad: cá bhfuil an rí seo na nIúdach atá saolaithe, mar chonaiceamar comharthaí sa spéir agus ar an idirlíon agus ar na meáin shóisialta agus thángamar chun é a adhradh. Agus nuair a d'airigh an rí an méid sin tháinig buaireamh air agus ar an saol idirnáisiúnta go léir chomh maith, óir cibé rud eile a bhí uathu níor theastaigh slánaitheoir eile, óir bhí an iomad díobh sin ann cheana féin.

Agus féach, na comharthaí go léir a tugadh dóibh, ghluais siad rompu go raibh siad ina stad os cionn na háite ina raibh an leanbh, agus is ansan a tháinig ardáthas orthu de chionn is gurbh é a bhí acu agus go bhféadfadh siad a ionramháil is a lúbadh is a chlaonadh chun a dtuisceana féin, óir is é sin a dhéanadh draoithe agus saoithe agus taidhleoirí agus daoine eile gaoismheara ón domhan thoir, agus go deimhin, ón domhan thiar chomh maith mar ab fhearr fós.

Agus chuadar isteach sa teach, sa scioból féin, agus níor thaitin an boladh leo agus shléachtadar dó, pé ainm a bhí air, ach choinnigh siad greim ar a srón agus mhachnaigh siad ar luach na bó, agus níorbh iad a bhí sásta go mbeadh aoirí caorach agus lucht siúil eile timpeall an bhaill, ach d'fhan siad ciúin go fóill óir is binn béal ina thost agus mar sin de.

Níor fhág sin nár leag siad a gcuid stór amach, go doicheallach féin, agus nár thugadar bronntanais dó ar eagla na heagla, óir cá bhfios conas a bhéarfadh an aimsir fháistineach orthu. Bhí ribíní agus páipéir órga go spiagach timpeall orthu mar bhronntanais, óir is mar sin a réitigh a gcuid giollaí iad.

Agus nuair a bhí Muire ag dáileadh bainne na bó orthu agus ag tógaint ribí na gcaorach amach as an uisce, agus nuair a bhí siad siúd os cionn an chliabháin ag déanamh na bhfuaimeanna beaga amaideacha sin a dhéanann daoine a fheiceann leanbh nuabheirthe, thapaigh Seosamh an deis dul go dtí na féiríní sa chúinne féachaint cad a thug siad dó, mar d'airigh sé riamh go raibh an mhuintir anoir agus an mhuintir aniar fial agus flaithiúil. D'oscail sé iad ceann ar cheann, ach thug dá aire an páipéar a chur sa chiseán bruscair. Is ann a fuair sé:

slaitín draíochta cianrialaithe Harry Potter, fearas tionscnaimh 3D dúdail Star Trek, USB infradhearg mioneitilte emoji eitilte, carrimbuailteach cianbhraite le cadhnraí in-athnuaite, bord deilbhe bioránealaíne Jaxo Joy, maide léimeach tadhallach leictreonach do bhuachaillí, solas aingealghlan fuarbhán SMD Qook 92mm, mol gan sreang d'incheangailteacht bhreise ar luas ROGp, seinnteoir MPT APRVx3 le taca Gormfhiacaile móide 45 uaire an chloig de bheatha cheallraí le feidhmiúlacht guth-thaifeadtha agus bachlóga cluaise, drón Mambo Pearóide faoi intleacht shaorga, scáth fearthainne inbhéartaithe d'fhonn uisce a bhailiú, lanna cuimilteora i gcomhair spéaclaí, brathadóir miotail miansaotharlainne CTX 3333, róbat ríomhaireachta Fischertechnik uathoibritheach, meáisín liathróide Hexbug Vex róbotach, gé ghogallach léimsuas eochaircheardach ghorm, Bezu Ballz 125 (nicilphlátáilte), clog Lego Yoda clicuaine, rothlóir giongaíle agus struséascaithe cruachshnasta, buidéal contigo féinspútach, gizmo flípeach, agus lacha rubair.

Agus thóg Seosamh iad agus leag uaidh go cúramach in aice an dorais.

Agus nuair a bhí deireadh déanta acu, thug siad a mbeannacht don teaghlach agus réitigh chun imeachta.

Is ansin adúirt Seosamh leo: 'Ná déan dearmad na nithe sin ag an doras a bhailiú ar bhur slí amach. Ní bheidh aon ghnó againne díobh.'

An Stábla

Turas fada a bhí ag lán an triúir acu cé nár thosnaigh siad san áit chéanna. Lean siad triúr an réalta a shoilsigh an tslí. B'ait leo é a bheith os a gcomhair amach go fiú i rith an lae, más go fann féin a bhí i gcomórtas le gile na gréine. B'é ba dheacra nuair a chuaigh sí faoi scamall, ach b'fhánach iad na scamaill ar a dtaisteal dóibh. Níorbh fhada a mhaireadh, agus bhíodh ansin ag lonradh na slí arís nuair a scaipeadh an néal.

B'é an lá a stop sí a bhain geit astu. Bhí sí ag gluaiseacht ar aon chomhchéim leis na camaill, agus gan choinne bhí ina stad. Mar a bheadh camall féin a raibh stailc air. D'fhéach siad timpeall san áit a raibh siad.

An baile tamall uathu ina luí ansin ar a ghogaide sa talamh. Sceacha agus toim de gach leith, ach tada eile. Seachas an smionagar luaithrigh. B'ionadh leo nár thug siad faoi deara é i dtosach, mar bhí duala agus cuacha beaga deataigh ag éirí aníos as. Agus boladh láidir, leis, boladh adhmaid dhóite agus feoil rósta. Ba mheasa ná sin ná gur dhírigh an réalta ga aonair solais cruinn díreach isteach ina lár.

Scanradh orthu ar eagla go mbeadh aon duine laistigh. Faoiseamh orthu nuair nach bhfaca siad aon duine, cé go raibh conablach ba ina shleasluí, a chuid feola loiscthe dubhrua.

Bhí fear ina sheasamh le hais an stábla agus é ag gol. Labhair siad leis: 'Cad tá ort, a dhuine uasail, anseo leat féin ag féachaint ar an láthair scriosta seo?'

'Thug mé foláireamh dóibh,' ar seisean, agus na deora fós leis, 'thug mé foláireamh dóibh nach mbeadh fáilte rompu.'

'Cé hiad seo?' d'fhiafraigh Caspar, óir chuir focail an fhir mearbhall air.

'An fear agus an bhean,' ar seisean, 'an bhean sin a bhí trom le leanbh, dúirt mé leo go raibh daoine anseo nár theastaigh a leithéidíne uathu, ach níor chreid siad mé. Níor tugadh cead dóibh fanacht sa bhaile. Leithscéal éigin go raibh an áit lán. Go gcuirfeadh siad brú ar sheirbhísí. Go raibh mná cabhracha ag teastáil uathu féin gan aon duine ón taobh amuigh a bhac. Caitheadh amach don stábla seo iad, agus féach ar tharla. É dóite go talamh.'

'Ach cad ina thaobh nach mbeadh fáilte rompu?' Baltasár a labhair.

Stop an fear agus stán sé air. 'Ar chúis ar bith a rithfeadh leo nach mbainfeadh le fáilte. Ní bheadh aon seans agatsa! Féach ar dhath do chraicinn. Tú nach mór chomh dorcha le seithe na ba sin istigh.'

'Ach,' arsa Meilcíor, agus alltacht air. 'Táimidne anseo

chun gairdeachas a dhéanamh, chun bronntanais a scaipeadh, chun aoibhneas a chomóradh, chun maitheasa don phobal.'

'Ná bí buartha,' arsa an fear le seanbhlas, 'muileann leithscéalta is ea an baile sin thall. Beidh leithscéal acu chun sibhse a dhíbirt chomh maith.'

'Agus cad d'imigh orthu, an fear is an bhean? Ar éirigh leo éalú roimh ré…'

Bhí an chuma ar an bhfear nach raibh sé ag éisteacht. 'Agus bhínn ag rá leo, le daoscar na tine, go raibh a muintir féin ar deoraíocht san Éigipt, sa Bhablóinia, gur cheart caitheamh le daoine eile mar ba mhaith leo go gcaithfí leo féin dá mbéarfaí dian orthu mar a tharla

dúinne,' agus ansin '…ach anois ós rud é gur fhiafraigh tú, cloisim gur saolaíodh leanbh sa díog ar an mbóthar ó thuaidh. Is é scread an linbh sin a thagann idir mé agus codladh na hoíche, uaill uaigneach na naíonán agus a muintir ar fad, lóg léanmhar na leanbhán agus a dteaghlach atá dúnta amach ag sotal an chompoird feadh is atá slua an daoscarfhola ina bhfaolchoin ag sclamhairt ina dtimpeall.'

Malairt Scéil

Agus nuair a chonaic Héaród gur mheall na draoithe é, tháinig fearg an-mhór air agus chuir sé amach a lucht airm agus mhairbh siad a raibh de mhic dhá bhliain d'aois nó faoina bhun i mBeithil agus sna triúcha go léir a bhain léi. Agus tháinig siad ar Mhuire, ar Sheosamh agus ar an leanbh Íosa agus iad ar tí an stábla a fhágáil, agus chaith siad leo mar a chaith siad le cách. Strac siad an leanbh as baclainn a mháthar agus dhein satailt air sa draoib tar éis dóibh a chloigeann beag a bhriseadh. Tá sé ráite go bhfuair Muire bás de chroí briste agus nárbh fhada gur lean Seosamh í isteach san uaigh.

Agus suim blianta ina dhiaidh sin bhí fear darbh ainm Eoin ag seanmóir i bhfásach Iúdáia. Ghabh sé timpeall agus crios leathair ar a chom agus bheathaigh sé é féin le lócaistí agus mil fhiáin. Ní raibh ann, áfach, ach guth duine ag glaoch san fhásach agus níor tugadh aon aird air.

Agus sa cheantar céanna bhí iascaire darbh ainm Peadar a shaothraigh beatha bhreá dó féin leis na héisc a fuair sé ina líonta, agus bhí Síomón a chuaigh leis na Séalótaigh ach gur mharaigh na saighdiúirí é sa cheannairc a bhí á eagrú aige, agus fear darbh ainm Iúdás Isceiriót a dhein na múrtha airgid as dul le húsaireacht agus le hiasachtaí airgid.

Agus toisc gur mhair réim na Róimhe go ceann cúpla céad bliain ina dhiaidh sin leathnaigh cultas Iúpatair go dtí na cúinní b'fhaide soir is siar den impireacht, cé go ndéantaí ofrálacha do Neiptiún nuair a bhítí ag dul ar an bhfarraige.

Agus ráinig go raibh buachaill óg darbh ainm Patricius ina chónaí i mball darbh ainm Banwen sa Bhreatain Bheag, agus rug foghlaithe mara as Hibernia air agus dhíol ina sclábhaí é ar phraghas suarach, óir ní raibh ann ach bogstócach. D'fhill sé ar an tír fhuar na blianta ina dhiaidh sin, óir d'airigh sé guth Apalló ag caint leis ina chodladh, agus bhí sé féin lán de ghrásta Dé, agus chraobhscaoil sé an creideamh cóir i measc na nGael, ach thug siad an chluas bhodhar dó, agus fuarthas a chorp in airde ar bharr sléibhe a bhfuil a ainm air anois, mar is ann a bhí sé ag iarraidh éalú.

Agus d'fhan an pobal dílis dá ndéithe féin, agus i bhfad na haimsire thóg siad teampaill don Daghda ar fud na tíre, agus d'ainmnigh a gcuid monarchana as Goibniu, agus thug Sráid Aonghusa ar phríomhshráid na mórchathrach, agus Lá le Lugh ar a bhféile náisiúnta.

Níor fhág sin nár déanadh iarrachtaí ar a gcuid déithe a ruaigeadh arís. Anoir aduaidh a tháinig na Lochlannaigh, agus ina dhiaidh sin na Sasanaigh a raibh na déithe céanna acu, agus dhein a ndícheall ar Thor agus Frigg agus Óidin a chur siar orthu, ach ní raibh an lá leo. D'fhan an tír dílis don Mórrigan agus do Mhacha riamh, agus ar ball bhí Scoil Bhaloir nó Coláiste Dian Cecht nó Institiúid Danu le fáil coitianta sna bailte móra.

Is mar sin a bhí ar an mór-roinn, leis, agus cé go raibh an chuid is mó d'oirthear na hilchríche faoin Tengrianachas tar éis choncas Ghengis Khan sa 13ú haois toisc gurbh é a chreideamh é, d'fhan glóir na Róimhe in Ollscoil Mhinéirve in Milano agus in Ospidéal Aescaláipias in Napoli agus i gcríocha eile na gréine.

Ghluais na hArabaigh siar lena ndia Hubal agus fuair sé bheith istigh go sítheoilte sa ghaineamhlach, agus ba mhinic cogaí creidimh idir a lucht leanúna agus sluaite Iúpatair, Thor agus Tengri.

Níor thuig an saighdiúir sin Héaród riamh an cor a chuir sé i stair an domhain.

An Nollaig
ar Feadh na Bliana

Bhí baile ann uair amháin i dtír áirithe nach féidir a ainmniú ach b'fhéidir go n-aithneofaí é. Ba ghnách leo gan soilse na Nollag a lasadh go dtí tosach na míosa sin. Thug siad faoi deara, áfach, go raibh bailte eile láimh leo siúd agus chromaidís ar chomóradh na Nollag uair éigin i lár na Samhna.

Chuir sé buairt éigin ar bhurgairí agus ar aos trádála an bhaile. Tionóladh cruinniú. Tháinig na cócairí agus na coinnleoirí, na búistéirí agus lucht díolta bréagán, na siopaí a dhíoladh leabhair uair amháin sa bhliain nuair a bhí bronntanais ag teastáil ó dhaoine nár léigh leabhair riamh, na súdairí a raibh cnoic de mhálaí úrnua réidh ullamh, cumann na gcrann Nollag, comhdháil aos déanta soilse sráide, siopadóirí gréibhlí beaga agus áilleagáin mhóra, gan trácht ar dhornán de bhoird soláthair leictreachais a mbíodh súlach lena mbéal anonn go dtí na bainc.

'Féach,' arsa fear a raibh siopa mór bábóg aige, 'ní foláir dúinn rud éigin a dhéanamh mar gheall air seo. Caithfimid a bheith cothrom le dáta.'

'An ceart agat,' arsa bean a raibh na cumhráin ba mhilse boladh ceannaithe isteach ó Pháras aici ar son éileamh an tséasúir. 'Tá de dhualgas orainn ár slí bheatha a chosaint.'

'Molaim go gcuirfimís tús leis an Nollaig ag deireadh na Samhna,' arsa fear a raibh lánleoraí de bháiblíní plaisteacha aige nárbh fholáir dó iad a dhíol.

'Mhúinfeadh sin ceacht dóibh,' arsa fear an tsiopa leabhar toisc lastas de dhírbheathaisnéisí lucht spóirt a bheith díreach foilsithe agus is iad a bhí lán de phictiúir dheasa.

'Ní dóigh liom go bhfuil sin maith go leor.' Giolla de chuid soláthróir leictreachais a labhair: 'Sa chás sin, bheimis ar aon dul leo, leis na bailte atá láimh linn anseo. Ach ba chóir dúinn a bheith níos fearr. Cad mar gheall ar thosnú Oíche Shamhna?'

Chuaigh monabhar tríd an gcruinniú.

'An bhfuil a fhios agat, sin smaoineamh den scoth. Rísmaoineamh. Smaoineamh siopadóra!' Shílfeá gur labhair siad ar fad d'aon ghuth.

Ach bíonn ar a laghad aon ruifíneach amháin i lúb gach cruinnithe. Duine beag feosaí a bhí tráth ina mhéara ar an mbaile agus é fós amuigh air go raibh sé uaillmhianach, b'é a chuir fad leis an bplé.

'Beidh na sluaite amuigh cheana aimsir Oíche Shamhna,'

95

ar seisean, 'agus beimid in iomaíocht le lucht díolta taibhsí, cnámharlaigh, cailleacha fadingneacha agus puimcíní. Ba cheart teacht rompu. Molaim go láidir go rachaimis siar go deireadh an fhómhair.'

'Bullaí fir,' tháinig an guth ó bhun an tseomra.

'Nár laga Dia tú!' ó dhuine éigin eile. 'Beidh suathadh agus scleondar ag dul tar éis saoire an tsamhraidh, sin an t-am le tosnú! Tugtar dóibh a bhfuil uathu!'

'Táimid aontaithe ar Mheán Fómhair, mar sin, le haghaidh tús a chur le séasúr na Nollag,' arsa an cathaoirleach, agus é ar tí vóta a lorg.

'Agus is ea, beidh go leor daoine ag triall ar na cluichí craoibhe agus a leithéid a bhíonn againn an mhí sin, déanfaidh sin ár leas.'

'Tá na cluichí sin curtha ar aghaidh go dtí mí Lúnasa anois,' a chualathas.

'Ní hea, is i mí Iúil atá siad le bliain anuas.'

'B'fhearr mí an Mheithimh. Ceannaítear nithe nach bhfuil ag teastáil.'

'Lá Bealtaine!'

'Lá na nAmadán san Aibreán. Sin í an uair a scarfaidh daoine lena gcuid maoine.'

'Lá 'le Pádraig. Beidh an deoch istigh is na sparáin amuigh.'

'Imbolc féin, an bolg ag caint, is tar éis na Féil' Bríde bíonn an brabús ag dul chun síneadh.'

'Cad faoi Nollaig na mBan féin? … agus airgead fós gan chaitheamh…'

Agus is mar sin a tharlaíonn go bhfuil Nollaig na siopadóirí ann gach lá den bhliain.

Lá Breithe

I

Bhí Íosa ag fás go mear. Bheadh sé dhá bhliain déag d'aois go luath. Nach mór ina fhear óg. É láidir fuinniúil go maith agus cairde bríomhara aige i measc bhuachaillí an bhaile.

Ba mhinic é ag obair le Seosamh ina chuid oibre. Saor adhmaid ba ea Seosamh ach dhéanadh sé obair eile, leis, mar bhí sé deaslámhach agus oilte. Bhí éileamh ar lucht oibre i mbaile Seferis nach raibh ach cúpla uair an chloig coisíochta ar shiúl. Bhí an baile sin á thógáil arís tar éis gur scriosadh é, agus is ann a théadh sé nuair a bhíodh an obair gann aige féin. Bhíodh obair eile aige ó am go chéile timpeall an bhaile, bíoma a chur suas anseo, bord a dheisiú ansiúd. Ina cheardlann féin a dhéanadh sé formhór na hoibre.

Ach bhí buairt ar Sheosamh. Bhí sé ag dul in aois, agus bhí Íosa ar imeall a bheith fásta suas. B'í buairt í, gan aon dúil in aon chor a bheith ag Íosa ina chuid oibre, in obair an adhmaid. Uaireanta, shíl sé go raibh an ghráin aige ar adhmad in ainneoin go mbíodh sé ina theannta formhór gach aon lae. Nuair nach mbíodh sé amuigh leis na buachaillí, nó ag cabaireacht timpeall ar an tsionagóig le seanbhodaigh.

Bhí sé go maith ag glanadh na háite, ag cur slachta ar an gceardlann, ag iompar ábhair timpeall. Ach sa cheird féin níor léirigh sé aon spéis. Ní mór ná go bhféadfá a rá go raibh sé tuaipliseach, ciotrúnta.

Dá mbeadh lámh aige in aon obair dhíreach bhíodh sé cam. Dhein sé leaba uair amháin, nó iarracht air, agus thiteadh an té a bhí ina luí ann amach as. Dá mbuailfeadh sé tairne isteach is amhlaidh go mbuaileadh sé a ordóg féin. Ba dheacair foighneamh leis agus a chuid útamála. An amhlaidh gur saolaíodh é le hordóga amháin? Cad a dhéanfadh sé leis, in aon chor, in aon chor?

B'é a mhac dílis é ar a raibh a ghean.

Ina choinne sin thall, ba mhaith ba chuimhin leis an lá breithe eile sin suim bheag de bhlianta ó shin, nuair a thug sé bronntanas de bhlocanna adhmaid dó. Ba nós leis bronntanas éigin a dhéanamh nó a thabhairt dó gach bliain dá lá breithe. Ba chuimhin leis an tslí ar tháinig sé ar an saol, an boladh sa stábla, na bronntanais a fuair siad is a thug siad uathu do na boicht, an t-éalú ó shaighdiúirí an Impire, an teicheadh chun na hÉigipte. Níorbh fholáir é sin go léir a chomóradh gach bliain. Is maith go raibh a fhios aige go raibh an t-ádh leo.

Na blocanna a thug sé dó, b'fhágála a chuid oibre iad. Blocanna beaga den uile chruth agus den uile mhéid fad is nach raibh siad chomh mór sin. Chuir sé áthas air gur chuir sé oiread sin dúile iontu. Chaith sé tamall á scagadh ar an urlár, iad á leagan amach, á gcóiriú. Cén aois a bhí aige an t-am sin? B'fhéidir a cúig.

D'fhág sé leis féin é, gur ghairm Muire isteach é.

'Féach!' ar sise. 'Féach a bhfuil déanta ag Íosagán!'

Bhí mar a bheadh foirgneamh mór, le ballaí arda, agus colúin ag teacht anuas, foirgneamh nach raibh neamhchosúil le pálás an rí, ach nach bhfaca aon duine den bheirt acu riamh.

Bhí sé néata, comair, ealaíonta agus chuir sé iontas orthu toisc a chiotrúnta a bhíodh sé de ghnáth. Bhíodh eagla ar Mhuire nuair a bhí casúr ina lámha aige ar eagla go smístfeadh sé a mhéara le buille amú. Rud a thuig Seosamh go dóite.

Nuair a d'fhiafraigh siad de cad a bhí ann, chraith sé a ghuaillí agus rinne miongháire a bhain leis féin amháin.

Tharla gur bhuail Esron, an fear béal dorais, isteach agus leath a shúile air. Fear a raibh an tír siúlta aige ba ea Esron, agus cuid de na críocha máguaird chomh maith.

'Nach míorúilteach é!' ar seisean. 'Níl de shamhail air ach an Teampall atá in Iarúsailéim, ar thug sibh ann é?'

Bhí an oiread céanna iontais ar Mhuire agus ar Sheosamh, óir ní raibh ceachtar den bheirt acu riamh ann.

'Ailtire a bheidh ann cinnte,' arsa Ióram, comharsa eile gur glaodh isteach air.

'Nó tógálaí,' arsa Matan, a raibh tuiscint aige ar na nithe seo.

'Bhí a fhios agam i gcónaí,' arsa Rút, cara le Muire a bhí ag dul thar bráid, 'go raibh buachaill faoi leith agat ón uair sin go ndúirt sé anuraidh go raibh fhios aige cad a bhí á rá ag an éanlaith. Ní déarfadh aon duine é sin ach file. Ar éigean go mbeadh a fhios ag mac an cheardaí.'

Chuir siad an foirgneamh adhmaid ina sheasamh in áit fheiceálach ionas go dtabharfaí faoi deara é ag siúl na slí thar an gceardlann a bhí ag Seosamh.

Cúpla lá ina dhiaidh sin, bhí sé ar lár. Leagtha ina bpíosaí beaga.

'Cé a rinne seo?' arsa Seosamh, agus iarracht feirge air. 'Cén scaibhtéara de bhligeard a bhris seo suas?'

'Mise,' arsa Íosa go díreach.

Mhaolaigh ar fhearg Sheosaimh agus dúirt sé, 'Ach cén fáth gur leag tú é, ní raibh sé ann ach le trí lá?'

'Ná bí buartha,' arsa Íosa, 'is féidir liom é a thógáil arís.' Ach níor dhein.

Bhí an imir mhistéireach sin riamh ann, amhail is go raibh rud éigin ar eolas aige nárbh fheas do dhaoine eile, shíl Seosamh.

An eachtra sin dhá bhliain ar ais nuair a tháinig saighdiúir chucu le tairiscint. Thug Muire deoch uisce dó mar bhí tart air, agus sheas Íosa sa doras á ghlinniúint. Níor ghníomh fónta é na saighdiúirí a tharraingt ort féin riamh.

Labhair an saighdiúir go borb. Ba dhuine é d'fhéadfadh ordú a dhéanamh teacht, agus thiocfaí, nó imeacht, agus d'imeofaí. Bhí claíomh lena thaobh agus matáin ar nós téada ina cholpaí. Taoiseach céad a bhí ann agus bhí an gradam sin á iompar aige.

'Cad tá uait?' d'fhiafraigh Seosamh agus a lánfhios aige nach dtiocfadh saighdiúir chuige mura mbeadh rud éigin ag teastáil uaidh.

'Croiseanna,' ar seisean, le húdarás. 'Tá ganntanas croiseanna orainn. Ní mór dúinn soláthar maith croiseanna a bheith againn i gcónaí. Tá's agat féin. Ar son an dlí a chomhlíonadh. Ar son smacht agus ord a choimeád. Tá's agam gur saor adhmaid tú. Deirtear liom go bhfuil tú go maith. Ach ní gá a bheith rómhaith ar son na hoibre seo. Dhá bhíoma trasna ar a chéile, sin an méid. Soláthróimidne an t-adhmad. Ní bheidh le déanamh agatsa ach iad a shnaidhmeadh le chéile. Sin uile. Agus ar airgead maith. Tá tríocha is a trí uainn láithreach, óir tá príosúnaigh nár ghéill don reacht le cur chun báis ar son na ndaoine. Tá's agat féin…'

'Níl a fhios, mar a tharlaíonn,' arsa Seosamh, 'níl a fhios agam in aon chor.'

D'fhéach an taoiseach céad air le hiontas.

'An é nach bhfuil a fhios agat?' ar seisean, muc ar gach mala lastuaidh dá bhéal dian.

'Tá's agamsa ceart go leor. Nach bhfeicimid na truáin bhochta ag siúl na slí, truáin a ghoid caora, nó a thug masla don ghobharnóir, nó nár fhág an bealach, nó a bhí easumhal. Is é nach dtuigim ná an reacht agaibhse. Tá ceann simplí againne, "ná déan goid, ná déan marú". Ní bheidh baint ná páirt agamsa libh. Bailigh leat amach as seo led chlaíomh is led chlogad coiligh!'

Ba dhóbair don saighdiúir pléascadh. Níor airigh sé caint mar seo riamh ó shuarachán. Chuir sé lámh ar a thruaill, ach mhoilligh ansin. Labhair sé go tomhaiste.

'Tá slite againn le hiachall a chur ort, tá's agat é sin. Fainic, nó beidh tú féin ar cheann de na croiseanna sin go grod.'

'Ní bheadh mórán maitheasa ionam ansin.'

Chuir sin breis feirge air. Tharraing an claíomh amach. Bhagair ar Sheosamh. Chuir gob an chlaímh suas le smig an tsaoir adhmaid. Ansin mhothaigh sé lámh ar a uillinn.

Íosa a bhí ann.

'Cé hé an scraiste beag seo? Mura bhfuil tú cúramach, sáfaidh mé…'

Ní dúirt Íosa pioc. Ní raibh ann ach gur fhéach sé ar an saighdiúir. Stop an saighdiúir agus sheas siar.

Chuir sé an claíomh ar ais ina thruaill. D'iompaigh ar a sháil is chas i leith an dorais.

'Tá go leor daoine eile amuigh ansin a bheidh sásta obair an impire a dhéanamh,' ar seisean, 'ach tá tú braite agam. Ná bíodh aon amhras ort. Beidh mé ar ais.'

Ach ní raibh. Chuir sé chun siúil folamh.

Ní raibh Seosamh cinnte cad a dhein Íosa. Cad í an fhéachaint sin a thug sé don saighdiúir. Ní fhaca sé é.

Ba mhinic é in earraid le Muire mar gheall ar cad a bhí i ndán don bhuachaill. Níorbh aon easaontas mór é, ach easaontas mar sin féin.

Bhí suim mhór ag Íosa sa léamh. Sna scríbhinní. Níor chuimhin le ceachtar de lán na beirte acu cén uair ar fhoghlaim sé an léamh. Théadh Íosa chun na sionogóige d'fhonn cur lena léann ó bhí sé ina leanbh beag. Níor thuig Seosamh cad é an dúil a bhí aige sa ghnó neamhphraiticiúil seo. Ní chuirfeadh sé arán ar an mbord. Ní chuirfeadh sé im ar na meacain. Cén mhaith a bhí le focail nach raibh buailte isteach sa chlár?

'Bhí an chuma air go raibh sé aige gan deacracht, an léamh,' arsa Gileád, fear na sionogóige. 'Tá sé ar dhuine de na scoláirí is fearr a bhí againn. B'fhéidir go ndéanfadh sé ardsagart fós, cá bhfios?'

'Os cionn mo choirp mhairbh!' arsa Seosamh. 'Ní dhéanfar ardsagart de. Ná scríobhaí. Ní bhaineann a ngairm linn. Déanfar saor adhmaid de, cosúil liomsa. Táim ar tí duine nó beirt eile a fhostú agus beidh sé in ann an cheird a riaradh nuair a bheadsa imithe. Níl aon bheann agam ar an amaidí seo.'

Dhein Muire a dícheall é a mhaolú.

'Is chuige sin atá sé,' ar sise, 'ní thuigeann sé casúr ná siséal. Buachaill ann féin é. Tá léamh agus scríobh aige, rud annamh anseo. Lig dó dul a bhealach féin. Cuimhnigh ar do mhac eile, Séamas, beidh sé siúd in ann an gnó a leathnú. Tá sé i bhfad níos feidhmiúla ná Íosagán.'

Ach bhí Séamas imithe le tamall, an mac a bhí ag Seosamh sular phós sé Muire. Bhí sé cumasach ag an gceird, ach is fada ó chuaigh sé leis ag gluaiseacht mar shaor adhmaid cuairte. Bhí dóchas aige go bhfillfeadh sé, ach níor airigh sé pioc uaidh le tamall. Bhí súil aige nár shlat á suathadh le gaoth a bhí ann. Bhí sé i dtaobh le hÍosagán.

Bhí a fhios ag Seosamh ina chroí istigh go raibh an ceart ag a bhean. Eagla a bhí air go minic go raibh Íosa ina phiteán, ina uiscealach, ina lagáiseach toisc gan aon spéis a bheith aige san adhmad ná sa cheardaíocht. Ach ina choinne sin thall, bhí a fhios aige nach raibh sin fíor. Bhí nithe ar eolas ag Muire nárbh eol dó féin, go háirithe maidir le leanaí.

Ba mhaith go raibh an seanrá riamh ar bharr a ghoib aige: 'Tá nithe ar eolas ag an máthair mar gheall ar an mac nach eol dó féin.' Agus nár mhinic ise á thathant sin air lena cuid diongbháltachta féin.

Ní raibh de fhreagra aige ach a ndúirt sé le hÍosa arís is arís: 'Féach, rud substaintiúil is ea an t-adhmad, téann focail le gaoth. Rud crua is ea casúr. Déanann sé an bheart. Cuireann sé an gníomh abhaile. Buaileann sé na tairní isteach. An focal scríte féin, téann caitheamh air. Bí daingean! Sin an ceacht.'

Ar éigean gur thug Íosa aon bheann air.

Ba chuimhin leis i bhfad roimhe seo, nuair nach raibh an leanbh ach a trí nó a ceathair de bhlianta d'aois go mbíodh sé ag súgradh leis an min sáibh a d'fhágadh sé féin ar an urlár tar éis lá oibre. Níorbh aon iontas é sin. Dhéanadh sé an rud céanna nuair a bhí sé féin óg. Ba bhreá leis boladh glan an adhmaid. B'aoibhinn leis a chruas, a chinnteacht, a dhearfacht in aghaidh an tsaoil. Ba gheal leis go bhféadfadh sé rud éigin a dhéanamh as, rud a chur i gcrích. Rud a bheadh ann go deo, nó go ceann tamaill fhada ar aon nós. Earra go bhféadfá é a fheiceáil, a láimhsiú. Ba rud a bhí ann, rud, rud, rud. Ba bhinn leis go raibh an saol lán de rudaí.

Ach Íosagán, mar a thug siad ar a mac, ba leor leis na calóga beaga adhmaid a scaoileadh trína mhéireanna. Is iad a shéideadh san aer le puth óna bhéal, féachaint orthu ag scaipeadh, iad ag tuirlingt, ag gluaiseacht ar fud na ceardlainne ar nós cáithníní sa solas. Uaireanta leanadh sé ceann faoi leith nó dhó, ag lámhacán dá mba ghá trasna an tseomra go bhfaigheadh sé ar ais é.

Ansin chrom sé ar phatrúin nó ar chruthanna a dhéanamh astu. Ba chuma le Seosamh, bhí sé ag súgradh.

'B'fhéidir go ndéanfadh sé ealaíontóir fós,' arsa Iósua, comharsa, nuair a chonaic sé go raibh mar a bheadh cruth fiolair déanta aige sa mhin sáimh.

'Deirtear go bhfuil obair mhaith le fáil mar ealaíontóir,' arsa Ióáb, comharsa eile, 'go háirithe in Iarúsailéim.'

'Cá bhfios?' arsa Seosamh, agus súil aige ina chroí istigh go rachadh sé lena cheird féin. É daingean ina mheon go gcaithfeadh sé dul lena cheird dúchais. Níor shaothraigh sé chomh dian sin ag cothú ceardlainne oibre lena scaoileadh le haer an tsaoil. Bhí sé daingean ina ghradam féin, agus muran ealaíontóir é ba cheardaí é. Agus níor mhian leis go gcuirfeadh aon smaointe baotha mar seo athair in earraid lena mhac.

Is ina dhiaidh sin a thosnaigh Íosagán ar litreacha a dhéanamh sa mhin sáibh ar an urlár. Bhí a fhios ag

Seosamh gur litreacha a bhí iontu, bíodh nach raibh léamh ná scríobh aige féin. Bhí a fhios aige mar bhí a leithéid crochta lasmuigh den tsionagóig ar an mballa.

B'ait leis iad, agus b'ionadh leis iad. Bhí a fhios aige go raibh draíocht éigin iontu. B'ionann léamh a bheith ag duine agus bheith istigh a bheith aige sna háiteanna sin lasmuigh dá raon tuisceana. Bhí sé mórálach as Íosagán go raibh na litreacha sin aige, ach ag an am céanna bhí mar a bheadh eagla air.

Bhí ceann acu ar nós tine chreasa a raibh trí cinn de nathaireacha ag fás amach as. Ní fhéadfaí gan suntas a chur ann. Ceann eile cosúil le cluas ar baineadh mant as. Teach gan doras. Binn an tí. Cosán ag lúbadh. Duine is a lámha in airde ag impí ar Dhia. Gobán i mbéal duine. Bord a déanadh go hamscaí. Ba bhinn leis iad, ach ní raibh tuairim aige cad ba bhrí leo. Conas ab fhéidir ciall a dhéanamh as a leithéid?

Fós féin, bhí a fhios aige gur déanadh.

Nuair a d'fhiafraíodh sé d'Íosa cad a bhí ar bun aige, ní bhíodh de fhreagra aige ach 'Ag súgradh le litreacha,' nó níos measa, 'Och, níl a fhios agam fós.'

Ach nuair a bhíodh sé ag glanadh na háite tar éis an lae, bhí de chiall aige gur thug sé faoi deara go raibh cuid de na cruthanna céanna aige ann go minic.

Spota, scrioblálacha, lúibíní le heireaball, corcán a raibh planda ann. Bearna. Crann briste. Bís. Crann briste ar shlí eile. Ba dhóbair dó é a bheith ar eolas aige, ach bhí thar a chumas.

Leag sé píosa éadaigh go bog mín anuas ar na scamhacháin agus d'fhág ann é.

Lá go raibh Léiví, a raibh léamh agus scríobh aige, ag dul thar bráid ghairm sé isteach é.

'Cogar, gabh i leith,' ar seisean, 'is agatsa atá eolas ar litreacha. Féach orthu seo. Rinne an leaid óg iad sa chúinne ansin. Bíonn sé ag déanamh cruthanna mar sin.'

Bhain Seosamh an brat éadaigh, agus ghrinnigh Léiví iad. Bhí cuid den mhin sáibh tar éis bogadh, ach fós bhí sé in ann iad a léamh.

'Cad tá ann?' d'fhiafraigh sé.

'Tá an buachaill seo cliste,' ar seisean, 'agus tá sé an-cheanúil ortsa.'

Bhí tuairim ag Seosamh go raibh sin fíor, ach toisc nár léirigh sé puinn suime sa cheird, bhí imir bheag den amhras i gcónaí air.

'Ach cad é?'

'An-simplí,' arsa Léiví, '"m'athair" sin an méid.'

'Ach cad deir sé fúm?' arsa Seosamh.

'Tada. Ach nach dóigh leat leaid a scríobhfadh sin id cheardlann féin go bhfuil sé thar a bheith mórálach asat?'

Bhí áthas ar Sheosamh, ach fós, bhí tuairim aige go gcaithfeadh sé an iomad ama ag caint le cuid de na múinteoirí is an lucht teagaisc timpeall ar an tsionagóig. Agus ní dea-ghiúmar a bhíodh i gcónaí air ar fhilleadh abhaile dó. B'eagal leis go mbíodh sé ag cur isteach ar a ndualgas sagart.

Is cuimhin leis gur fhiafraigh Muire de conas mar a

bhí Árón, duine de na hoidí múinte céanna sin.

'Tá sé go maith, mar atá gach duine go maith,' arsa an buachaill, 'ach sílim go bhfuil a chloigeann rómhór dá chroí.'

Ní go rómhaith a thuig siad cad ba bhrí leis sin, ach bhí cuma na gaoise air, agus thaitnigh sin leo.

Lá eile dúirt sé i dtaobh Amása, duine de lucht gaoise an bhaile, dar leis féin, duine a raibh gach rud ar eolas aige, dar leis féin, dúirt sé dá dtaispeánfadh tú an ghealach dó thuas sa spéir, nach bhfeicfeadh sé ach pont do mhéire.

Sin é an fáth arbh fhearr le Seosamh go mbeadh sé amuigh ar an gcnoc le caoirigh, ar le fear go raibh talamh aige in aice an bhaile iad. Comharsa eile ba ea é, agus cara mór leo. Bhí áthas air nuair a thoiligh Íosa aire a thabhairt do na caoirigh nuair nach raibh teacht ar Aicimeileic, an t-aoire gnách a bhíodh aige.

Dhéanadh sé an obair seo minic go leor nuair a bhíodh éileamh air, agus ba ghreannmhar leis go dtugadh Íosa ainmneacha do na caoirigh.

'"Maitiú, Marcas, Lúcás, Peadar", tá sé níos fusa iad a aithint mar sin,' mhínigh sé.

Bhí daoine ag rá go mbíodh sé ag caint leo. Is cinnte go mbailíodh siad ina thimpeall. Uaireanta bhíodh sé ag gáire, agus uaireanta eile bhíodh sruth focal uaidh nár chualathas i gceart.

Ach b'é an lá gur tháinig Amása isteach chuige a chuir líonrith ar Sheosamh.

'Tá sé ar iarraidh!' scairt sé amach. 'Tá sé imithe!' agus scaoll ina ghuth.

'Cé tá imithe?' arsa Seosamh, agus thuig sé ó ghuth a chomharsan go raibh rud éigin bunoscionn.

'Caora!' d'éigh Amára. 'Tá aon chaora in easnamh. Ceann ramhar chomh maith. Bhí mé ar tí í a dhíol. Táim caora gann…'

'Ach cad faoi Íosagán?' d'fhiafraigh Seosamh. 'Nach raibh sé ann ag tabhairt aire dóibh?'

'Tá seisean imithe, leis. An scaibhtéara! B'fhéidir go raibh sé ag brionglóidigh, nó ag léamh scrolla éigin mar a bhíonn. Ní dhéanfaidh sé aoire ceart a choíche nó go brách. Cad a dhéanfaidh mé in aon chor? Táim creachta aige!'

Chuir seo buairt ar Sheosamh, ach ní róbhuairt. Bhí taithí aige ar é a bheith ag imeacht leis féin. A bheith déanach dá chuid bia. Níor ghearáin Muire riamh é a bheith déanach, ach an bia a leagan amach os a chomhair gan smid a rá. Bhí sí breá sásta péac a thabhairt faoi féin, ach focal crosta níor labhair sí riamh le hÍosagán. Dhéanadh sé miongháire léi, agus b'in sin.

Rith Seosamh agus Amása amach san áit ar cheart d'Íosa agus na caoirigh a bheith. Bhí na caoirigh ann ceart go leor.

Rinne Amása iad a chomhaireamh arís.

'Am baiste!' ar seisean, le hiontas. 'Tá siad go léir anseo, bhíos cinnte go raibh ceann amháin imithe. Agus féach, an ceann a bhí uaim, an ceann ramhar, tá sí anseo slán…'

Rith sé trasna le deimhin a dhéanamh de gurbh í a bhí aige go cinnte.

'Ach cá bhfuil Íosagán?' arsa Seosamh, ag féachaint soir siar agus ábhar buartha air. Ní mhaithfeadh Muire riamh dó dá n-imeodh sé ar seachrán mar a rinne cheana.

Ach níor ghá dó.

B'eo Íosa ag teacht de dhroim an chnoic agus mionnán gabhair á iompar aige ar a dhroim.

Bhí Amása ar buile leis.

'Thréig tú na caoirigh go léir ar son an aon ghabhairín suarach seo amháin,' ar seisean, 'mionnán gabhair nach fiú tada é.'

Ní dúirt Íosa leis ach, 'Ní dóigh liom go ndéarfadh an gabhar é sin faoi féin.'

Lá amháin eile go háirithe, bhí Seosamh thar a bheith cráite, agus Muire chomh maith, fág nár admhaigh sí é i dtosach. B'in suim blianta ó shin, ar ais.

'Táim féin agus Mordacáí ag dul ag spaisteoireacht,' arsa an mac leo, lá nach raibh aon ghnó aige le déanamh sa cheardlann.

Bhí sin go breá agus ní raibh go holc mar b'é Mordacáí an cara ab fhearr a bhí aige. Chaitheadh siad an lá ag súgradh le chéile, cé gur saghas bligeaird cheart ba ea é ar uaire. Ní raibh aon dochar ann, dúradh, ach ba mhinic é ar imeall na trioblóide. Bhí cáil air tráth gur maistín ba ea é, ach bhí sé maolaithe le tamall, nó sin a síleadh.

Bhailíodh sé na dabaí céireach sa tsionagóig agus chuireadh sé isteach ina chluasa iad ionas nár ghá dó éisteacht lena raibh á rá. Chuireadh sé clocha sa tubán uisce ón tobar agus deireadh go raibh róthrom dó é a iompar. Cheangail sé gruaig a dheirféar do chnaiste na leapan oíche amháin d'fhonn geit a bhaint aisti ar maidin.

Níorbh eol do Sheosamh arbh in é an fáth go raibh Íosagán chomh ceanúil air, buachaill spóirt ba ea é, agus b'in é ba dhúchas don óige.

Gruamán ba ea Natanael dhá theach uathu. Ní fhacthas gáire riamh ar a bheola.

'Is mar sin a chruthaigh Dia é,' arsa Íosagán nuair a bhí daoine á ghearán, 'tá maitheasaí ann nach eol dúinn.'

Bean mhór mhallachtaí ba ea Eistir, an tsráid thiar. Bhí gach aon drochfhocal aici ar chách.

'Sin é an bua a thug Dia di,' arsa Íosagán, 'bua na cainte. Ach ar dhein sí dochar do dhuine ar bith riamh? Tá croí maith mór inti. Lig di a bheith mar a cruthaíodh í.'

Nuair a cuireadh ina choinne, dúirt sé, 'Deireann sibhse go milleann droch-chaint na fiacla, ach deirimse mura labhrann duine trína fhiacla millte nach labhrann sé ar chor ar bith.'

Níorbh iad sin a chuir as do Sheosamh agus do Mhuire ach an t-imeacht fada nuair a bhí sé ar iarraidh le seachtain, nach mór. Níorbh é sin a raibh coinne acu leis nuair adúirt sé go raibh sé ag dul ag spaisteoireacht.

Ní raibh aon leisce ar Íosa a rá leo cad a bhí ar siúl aige, cé nach i gcónaí a thuig siad i gceart é. Agus bhí sé go maith ar son scéal a insint, mar ab eol dóibh chomh maith.

Ba mhaith ba chuimhin leo an scéalaí a tháinig go Nazarat. Scéalaí cáiliúil a bhí ann ón domhan thoir. Aibísiúr b'ainm dó. Shuíodh sé i lár an bhaile agus bhailíodh sé na daoine chuige féin. Na páistí go háirithe, cé go raibh spéis ag gach duine sa scéalaíocht.

Bhí scéalta aige do chách.

Thar aon duine eile d'fhanadh Íosa ina shuí ag éisteacht go dtí go mbíodh gach aon duine eile bailithe leis. Ní deireadh sé faic ach cluas le héisteacht air i gcónaí. Ná ní deireadh sé aon rud ach an oiread ach ag tabhairt gach ní faoi deara.

Bhí féasóg mhór fhada ar Aibísiúr, agus bhíodh sé á slíocadh fad is a bhíodh sé ag caint. Bhí súile air a raibh na céadta bliain ar a gcúl agus fabhraí anuas orthu ag ceilt an tsolais go léir. Bhí an solas sna scéalta. Chaithfí an solas a fheiceáil sna cluasa.

D'insíodh sé scéalta mar gheall ar ríthe agus ar bhanríona, ar phrionsaí agus ar bhanphrionsaí, ar dhraoithe is ar neamhdhraoithe, ar an mac is sine agus ar an mac is óige, ar ghaiscígh is ar laochra, ar ghruagaigh is ar ghamail, ar an tobar draíochta a bhí ar chúl na sceiche faoi bhun carraige sa domhan thoir agus ar cibé rud a tháinig isteach ina aigne a bhféadfadh sé casadh a bhaint as.

D'inis sé scéal lá mar gheall ar athair a shíl nach raibh aon mhaith ina mhac. Thug sé airgead dó, agus chaith sé amach é i gcionn an tsaoil. Nuair a tháinig sé ar ais, d'fhiafraigh an t-athair de cad a d'fhoghlaim sé ar shiúlta dó. D'fhreagair an mac, 'D'fhoghlaim mé teanga na n-éan.'

'Agus, cad adúirt siad?' d'fhiafraigh an t-athair.

'B'fhearr nach mbeadh a fhios agat,' arsa an mac.

Chuir seo fearg mhór ar a athair, agus chaith sé amach arís é á fhógairt dó gan filleadh go mbeadh rud níos fearr foghlamtha aige.

D'iarr Íosa air an scéal seo a insint arís is arís eile. Ansin, ar seisean, 'Tá scéal agamsa, leis. An bhfuil cead agam é a aithris?'

Bhí áthas ar an scéalaí, óir shíl sé gur cheap an óige go raibh nós na scéalaíochta ag dul as faisean, go raibh cleachtadh eile tagtha ina áit. Bhí caint mhór ar theagasc lucht focal a scoilteadh ón nGréig a bhíodh ag dul timpeall ag cur ceisteanna ar dhaoine cad ba bhrí leis seo, nó cad ba bhrí le sin eile. Cheap sé féin riamh go raibh brí réasúnta soiléir ag an uile fhocal óir bhí daoine á dtuiscint. An té a raibh cluasa air, cloiseadh sé.

'Abair leat,' ar seisean le hÍosa.

Shuigh Íosa síos ar an gcloch a bhí i lár an aonaigh agus óna n-insítí scéalta nó óna ndéantaí fógraí. Bhí baicle bheag ann cheana féin, iarsma na ndaoine a bhí ag éisteacht leis an scéalaí. Ach nuair a chonaic cuid den slua a bhí ag dul thar bráid go raibh ógánach ina shuí ann, mhoilligh siad ar a siúlta chun éisteacht.

'Bhí duine saibhir ann aon uair amháin,' ar seisean, 'duine saibhir a raibh teach mór aige agus mórán seirbhíseach. Bhí níos mó airgid aige ná mar a d'fhéadfadh sé a chaitheamh ina bheatha shaoil ar fad. Bhí caoirigh aige ar an gcnoc agus ba ag treabhadh na ngort agus

115

camaill lena chuid earraí a dhíol chomh fada ó dheas le
Cathair Alasdair. Bhí an tsláinte go maith aige agus meas
ag gach aon duine air. Ní fhéadfá a rá nach raibh sé sona.

'Mar sin féin bhraith sé go raibh poll ina shaol.
Bhraith sé go raibh ocras ar a anam. Go raibh rud éigin
le déanamh aige sula mbeadh sé foirfe ar fad.

'Tharla go raibh fáidh ag seanmóireacht sa dúiche.
D'éist sé leis. Theastaigh uaidh a chomhairle a leanúint.

'"Tabhair uait gach a bhfuil agat," ar seisean, "tabhair
do na bochta iad, do na daoine nach bhfuil aon rud acu,
do dhuine ar bith a iarrann aon rud ort."

'Rinne sé amhlaidh. Agus bhí gach duine buíoch de.
Aithníodh mar laoch de chuid an phobail é. Ní raibh aon
duine nár cheap gurbh é an duine ba fhlaithiúla riamh
dar casadh orthu sa tslí.

'Ba léir go raibh sé níos sona ann féin ná mar a bhí
sé riamh. Bhí solas ina shúile agus bhí sé nach mór ag
gluaiseacht ar an aer.

'"Nach ndúirt mé sin leat," arsa an fáidh leis nuair a
casadh ar a chéile iad arís.

'"Táim an-bhuíoch díot," arsa an fear a bhí saibhir, "an-
bhuíoch díot ar son na comhairle a chuir tú orm. Thug tú
bronntanas dom nach bhfaighinn ar aon tslí eile."

'"Agus cad é sin?" d'fhiafraigh an fáidh.

'"Tá mustar morálta," ar seisean, "tá sin ar an rud is
pléisiúrtha amuigh."'

Leis sin, tháinig Íosa anuas den chloch agus d'imigh
sé leis.

'Chuala mé go raibh tú ag insint scéalta sa mhargadh,' arsa Seosamh leis ina dhiaidh sin. 'Deir daoine go ndéanfaidh tú scéalaí maith. Ach b'fhearr liomsa go ndéanfá rud éigin níos praiticiúla.'

Bhí Íosa ina thost. Ach ansin, 'Cá bhfios, b'fhéidir go n-athródh scéal nó scéalta cúrsaí an domhain.'

Ní raibh a fhios ag Seosamh an lándáiríre nó mar mhagadh a deireadh sé nithe mar sin.

'Bíonn tú i gcónaí ag féachaint ar íor na spéire,' arsa Seosamh, 'ach beatha dhuine a thoil. Ba chuma liom tú ag insint scéalta dá mbeadh aon mhaith leo. Dúirt Iósua liom nár thuig duine ar bith giob dá ndúirt tú.'

'Ní hé an chéad uair duit é, ach an oiread,' arsa Seosamh. 'Dúirt sé chomh maith liom gur inis tú scéal éigin an tseachtain cheana mar gheall ar dhuine a chaill a leathbhróg, gur chuardaigh sé dóigh is andóigh, ach nuair a fuair sé sa deireadh í, b'í an ceann céanna í leis an gceann nár chaill sé. Bhí dhá bhróg aige a bhí díreach mar a chéile. Níor thuig aon duine é sin ach oiread.'

Scaoil Íosa miongháire beag uaidh. 'Uaireanta ceapaim nach dtuigim féin iad,' ar seisean, 'ach oiread le héanlaith an aeir. Cé aige a bhfuil fios fírinne na bhfocal?'

B'é seo a chuir mearbhall ar Sheosamh. Buachaill faoi leith ba ea a Íosagán, gan aon amhras. Ní fhéadfadh sé smaoineamh ar aon rud a dhéanamh dó dá lá breithe. Ní hé nach raibh aon mheas aige ar na bréagáin a dhein sé, ach ní fhanadh sé ach tamall gairid ina mbun. Ar nós mar a tharla nuair a thóg sé macasamhail an teampaill.

Dhein sé carbad beag bréige dó, ach níor mhór a shuim ann. Claíomh adhmaid, ceann dúchais, seachas cosúil leis na cinn a bhí ag na Rómhánaigh. Cé go raibh sé oilte go maith ar a cheird, ní raibh Seosamh chomh healaíonta sin i mbun dealbhóireachta nach raibh fóint fhollasach le baint as. Dhein sé iarracht ar fhigiúir a dhéanamh, dealbha de dhaoine a bhféadfaí súgradh leo, ach bhí siad go léir tuathalach, amscaí. Mar sin féin, dhein sé bábóg do Iúidit bheag siar an bóthar. Bhí a cloigeann ar nós cearnóige, a corp mar an gcéanna, agus a cosa gan ghlúine, gan amhras. Chuir sé ceirt ar a ceann mar fhallaing agus thairnigh dhá chloch isteach san adhmad i bhfoirm súile. Ba bhinn le hIúidit í, ach bhí leisce ar Sheosamh tabhairt faoi níos mó díobh. Thuig sé go maith go raibh nithe thar a chumas. Ina thoradh is ea a aithnítear an cheird.

Bhíodh áthas ar Íosa nuair a dhéanadh sé rud ar bith dó, cé gur bheag an t-am a chaitheadh sé leo. Bhí suim aige sna cruthanna éagsúla adhmaid a d'fhágadh sé dó, agus ba mhinic é ag útamáil leo. Carn anseo, patrún ansiúd, cruth thall, crot abhus, gréasán néata nárbh eol cad a bhí ann. Nó cad a bhí in ainm is a bheith ann.

Lá dá raibh nuair a d'fhiafraigh Seosamh de, 'A Íosagáin, a mhic, cad is brí leis an ngréasán sin de mhíreanna adhmaid atá ar an gclár agat?' d'fhreagair Íosa. 'Mura bhfuil a fhios agatsa, cé mise le hinsint duit?'

Cheap Seosamh gur freagra borb dána a bhí ansin. Rith leis an seanrá riamh 'ní bhíonn an rath ach mar a mbíonn an smacht.' Ba ghéar leis í mar chomhairle. Cad ab áil duine a bhualadh lena thaispeáint go raibh bualadh linbh in aghaidh dlí Dé? Ach ansin, deireadh Íosa go mín mánla a ndeireadh sé ina labhartha go léir go séimh, bíodh gur le siúráilteacht é.

Ba chuimhin leis, lá eile, nuair a bhí sé féin in earraid le fear aonaigh is margaidh go ndúirt a mhac leis, 'Ní hé an rud a thig amach as do bhéal a mheánn, ach an tslí a dtagann sé amach.'

Níor ghá dó an oiread marana a dhéanamh air sin. An té a labhrann go béasach leat, labhróidh tú go béasach leis. Ach a mhalairt de phort a bhí ag a mhac. 'An té a labhrann go borb leat, clúdaítear le mil é.' Ba dheacair dó géilleadh dó seo, ach bhí a thoradh feicthe aige. Ba mhinic gurbh é a dhícheall an fhearg a mhúchadh, agus níorbh i gcónaí a d'éirigh leis. Ach in ainneoin a chuid amhrais, d'oibrigh an chomhairle. Aighneas ar bith ní raibh aige le haon duine ina dhiaidh sin ar láthair a chuid oibre. Cheap daoine go raibh gaois de shaghas éigin ag baint leis, ach ní raibh. Ní raibh ann ach gur chuala sé focail a mhic.

Ina choinne sin, bhí uaireanta ann gurbh éigean dó a rá nár thaitnigh a mhac leis. Níor lean sé bóthar a shinsear go hiomlán, ba chuma leis ceird an adhmaid mar ba léir, agus uaireanta shíl sé go raibh drochmheas aige air. B'í sin an stracadh istigh ina scairt, an té aige ar a raibh greann óna anam amach níor thuig sé cad chuige a bhí sé nó cad a bhí i ndán dó.

Fós féin, ba mhaith ba chuimhin leis é ag imirt cleas air. É ag ligean leis go raibh déantús leis briste nuair nach raibh ann ach an tslí a raibh an t-adhmad leagtha amach. Ba bhuachaill spraoi é. Bhíodh solas na bligeardaíochta ag lasadh ina shúile. Agus ina dhiaidh sin, dorchadas lándáiríre. Níorbh fhéidir é a thuiscint. B'in é an fáth gur theastaigh uaidh fhios a bheith aige cad é an bronntanas a thabharfaí dó ar a lá breithe ar imeall é a bheith ina fhear.

Ansin bhí an lá gur tháinig an draíodóir chun an bhaile. Fear cleas is lúb. Níor airigh sé mar gheall air go dtí gur inis na comharsana dó é, mar ba ghnách.

Bhí sé in ann draíocht a chur ar an slua. Bhí sé ábalta ar chnó a chur i bhfolach i muinchille a chuid éadaí agus ansin é a bhaint amach as a chluas dheis. Nó clé, dá mba ghá.

D'iarr sé ubh ar dhuine den lucht féachana, dúirt rud éigin leis ina ghlac, agus go tobann oráiste a bhí ann.

Dhein duine den slua a lámha a cheangal le téad laistiar dá dhroim ar iarratas uaidh, agus scaoil sé an tsnaidhm laistigh de chúpla soicind.

Tugadh mias uisce dó, thum sé slisne d'arán bán isteach ann, agus déanadh dearg é.

Bhí próca uisce aige a dhoirteadh sé amach ar an talamh go deireadh, ach bhí uisce fós istigh ann.

Bhí éan aige a dhéanadh aithris ar aon rud a dúradh leis. Thagadh na páistí chuige le droch-chaint, agus thugadh sé an chaint chéanna go díreach ar ais dóibh.

Bhí na cupáin agus an liathróid aige. Trí chupán agus liathróid amháin. Chaithfí tomhas a dhéanamh cén ceann ina raibh an liathróid agus iad á suathadh aige béal faoi. Ní bhíodh an ceart ag aon duine. Riamh.

Is cosúil gurbh é an cleas ba mhó a bhí aige nathair nimhe a smachtú. Fliúit bheag a bhí aige agus chromadh sé ar cheol diamhair a sheinm. D'éiríodh an nathair aníos go mall, dhéanadh lúbadh is casadh is snaidhmeadh mar a bheadh rinceoir ann. Ansin stadadh chomh díreach le slat san aer, chomh díreach, chomh crua le maide.

Thug cuireadh do dhuine ar bith ón slua teacht agus an nathair a chuimilt go mánla.

'Níl aon dochar ann,' adúirt sé. 'Féach!' agus chrom ar í a phógadh é féin. Bhí alltacht ar chách.

Is ansin a sheas Íosa amach.

Chuir sé a lámh ar an nathair, agus shearg sí láithreach. Dhein ciorcal cruinn ar an talamh.

Ansin shuigh sé síos agus lúb timpeall a mhuiníl í, ag caint léi. Níor airigh aon duine an chaint i gceart, amhail is gur teanga rúnda a bhí ann. Shnigh an nathair suas timpeall ar a chluasa, agus ansin sheas go colgdhíreach ar bharr a chinn. Lúb timpeall arís ionas go raibh sí ina seasamh ar a ceann ar chloigeann Íosa.

'Aaaagh!' arsa an draíodóir. 'Tá tusa go maith! Ní fhaca mé a shamhail seo in Iarúsailéim féin! Cár fhoghlaim tú an cleas seo?'

Ní dúirt Íosa aon rud ach lig don nathair sleamhnú síos ar a chliatháin ionas gur lonnaigh ag a chosa. Chuir

sé a throigh ar cheann na nathrach amhail is go raibh sé ar tí a blaosc a bhrú faoi.

'Ná déan! Ná déan!' d'éigh an draíodoir. 'Is róluachmhar liom í. Thóg tamall fada orm í a oiliúint, ná déan in ainm Dé.'

Ní dúirt Íosa aon rud ach an nathair a ardú is a thabhairt ar ais slán don draíodóir.

'Bhí sin iontach!' arsa Barabas, páirtí leis. 'Ní raibh a fhios agam go raibh sin ionat. Bíonn tú i gcónaí ag bligeardaíocht, ach sin an ceann is fearr a chonaic mé go dtí seo.'

'Sea,' arsa Mordacáí, an cara dílis, 'más féidir é sin a dhéanamh le nathair nimhe, cad eile nach féidir leat a dhéanamh?'

'Tá sé ceart go leor,' arsa Íosa, 'nuair atá an nathair lasmuigh díot. Is í an nathair laistigh is contúirtí ar fad.'

'Caithfidh tú teacht liom,' arsa an draíodoir, 'caithfidh tú mé a leanúint. Lean mise, led thoil, agus déanfaimid na hoirc is na hairc le chéile.'

'Ní féidir liom,' arsa Íosa go caoin, ach go díreach, agus labhair sé an chaint go soiléir, 'ní féidir liom, mar níl a fhios agam cad tá uaim.'

'Cad is brí leis sin, "níl a fhios agam cad tá uaim"?' d'fhiafraigh Seosamh de nuair a d'airigh sé an scéal. Bhí sé beagán dothíosach leis, óir bhí sé ag éirí bréan den tslí nár léirigh sé spéis ar bith in obair an adhmaid fós, ná in obair ar bith eile. Is ea, a sheanscéal riamh. Is ea, uaireanta bhí sásta glacadh leis seo, uaireanta eile chuireadh sé fearg agus díomá air.

'Lig dó,' adeireadh Muire leis, 'lig dó a bhóthar féin a ghabháil. B'fhéidir go bhfuil an ceart aige. B'fhéidir nach bhfuil a fhios aige cad tá uaidh.'

'Cad tá uaidh?' arsa Seosamh. 'Is é atá uaidh ná toil a athar a dhéanamh, mar a rinne mise.'

'Ach bhí tusa go maith, a Sheosaimh, bhí tú deaslámhach. Bhí an cheird agat. Thóg tú í go furasta. Tá Íosagán seo againne tuathalach, amscaí, ordóga is ea a mhéara go léir.'

'Ceapaim ar uaire gur d'aonghnó atá sé mar sin,' arsa Seosamh mar fhreagra, 'é á ligean air nach bhfuil aon mhaith ann chun an obair chrua a sheachaint. Is fearr leis a bheith ag cabaireacht leis na scríobhaithe agus leis an raibí. Obair bhog. Obair nach taitheach liomsa ná leatsa.'

'Nach cuma má chaitheann sé am leo,' arsa Muire, 'coinníonn amach ón tsráid é. Agus nach maith dá mbeadh a leath le Dia agus an leath eile linne?'

'Ag brath ar cén leath atá i gceist agat?'

'Tá seisean deisbhéalach, mar atá tusa deaslámhach, sin an méid,' arsa Muire, 'sin an fáth a gcaithfimid a bheith faichilleach ina thaobh. Ní hé gach teaghlach a bhfuil ábhar scoláire acu faoi ia an tí acu.'

'Ábhar draíodóra, más fíor adúirt an baile liom inniu,' arsa Seosamh léi, agus d'aithris sé an scéal di mar gheall ar an bhfear isteach leis an nathair nimhe. 'Tá siad go léir ag rá go bhfuil ábhar draíodóra ann, mura bhfuil sé mar sin cheana. Bhí an fear ag iarraidh é a mhealladh leis. Bhíothas ag rá go raibh sé ar tí imeachta.'

'Bhí an baile ag rá go raibh ábhar scéalaí ann, leis,' arsa Muire, 'agus ábhar aoire caorach, agus ábhar raibí… Cá bhfios, níl ann ach ógánach.'

'Cad is brí leis sin, "níl a fhios agam cad tá uaim"?' d'fhiafraigh Seosamh de arís nuair nár tháinig aon fhreagra óna mhac.

'An fhírinne ghlan,' arsa Íosa leis. 'An rud atá ráite agam tá sé ráite. Níl a fhios agam anois, ach beidh a fhios agam ar ball. Táim cinnte de sin. Bím ag éisteacht. Ní beag do gach lá a chuid maitheasa féin.'

Mhaolaigh Seosamh beagán. B'éigean dó leis an mac aisteach seo a bhí aige, mac go raibh aithne air ar fud an bhaile, ach gan aithne ar bith aige féin air.

'Féach,' ar seisean, 'más féidir liomsa aon rud a dhéanamh duit, abair liom é, tá's agat sin.' Fós féin, ní raibh a fhios aige féin cad a dhéanfadh sé dó, gan trácht ar an mbronntanas sin a chaithfeadh sé a fháil dó dá lá breithe.

Go háirithe an tslí a ndéanadh sé an rogha neamh-choitianta i gcónaí.

Rás na gcamall, mar shampla.

Féile bhliantúil ba ea rás na gcamall. Thagadh daoine isteach ó na bailte máguaird. Daoine saibhre agus daoine nach raibh chomh saibhir, ach chaithfeadh camall a bheith agat. Bhí machaire leagtha amach ar imeall an bhaile, áit a bhí ann don eachtra seo gach bliain le cuimhne na ndaoine. B'éigean dóibh rith an machaire síos, brat a bhaint de chuaille agus teacht ar ais arís.

Íosa agus a chomrádaithe, aos óg an bhaile, is iad a bhí ann ag faire. Ní raibh aon seicilí acu le geall a chur, ach ba leor leo dílseacht do bhaile amháin seachas ceann eile, nó dathanna na marcach féin chun tacú le duine seachas a chéile.

Bhí camaill agus marcaigh isteach ón Éigipt agus ón tSiria agus bhí caint mhór ina dtimpeall. Ní raibh i gcomórtas Nazarat ach mionchomórtas mar ghluaiseadh siad ar aghaidh go dtí na cathracha móra, go dtí an Damaisc, nó Aintíoch, dá mb'fhíor. Mar sin féin, b'ócáid mhór sa tsráid é toisc gur thug sé blaiseadh dóibh dá raibh ag tarlú thall agus thairis.

D'fhás stainníní beaga timpeall na háite, lucht tráchtála ó chéin agus ó chóngar abhus. Gach rud á reic acu. Ológa glasa is buí, seirbit aneas, dátaí úra fliucha, oráistí chomh mór le cloigne, fíon milis is searbh, éadaí daite anoir, cnónna nach raibh aon ainm acu orthu, tuilleadh is breis den uile ní nach mbeadh ag teastáil i rith an ghnáthlae áitiúil.

Bhí Seosamh is a chairde ann, chomh maith. Lá saoire ón obair ba ea é. Níor ghá dó boird a dhéanamh inniu, ná ursain doirse a dheisiú, ná cos leapan a chur i gceart arís. Níorbh fhear mór geall-a-chur é ach an oiread, cé go raibh gean aige ar na babhtaí iomrascála a chuirtí ar siúl sa bhaile anois is arís. Mar sin féin, bheadh air dithneasú abhaile ag pointe éigin mar bhí gnóthaí beaga le cur de aige, gnóthaí beaga a raibh a fhocal orthu. Ba mhinic é ag smaoineamh go dtabharfadh sé printíseach isteach, ach cad ba ghá printíseach nuair ba chóra dá mhac féin an mhionobair seo a dhéanamh?

B'fhéidir fós go bhfillfeadh Séamas, ach eagla air go raibh gnó seanbhunaithe aige in Aintíoch nó i mball ar bith eile, nó go raibh imithe le haer an tsaoil. An té a raibh mic aige, mic a raibh a n-aigne féin acu, ba mhór an bráca saoil é. Níor chomharthaí dóchais iad aon luaidreáin a tháinig ina líon.

Bhí madraí lá na rásanna ar fud na sráideanna ag súil le solamar éigin a d'fhágfaí dóibh, agus lucht siúil ag lorg déirce dá mbeadh an charthanacht in uachtar.

Ach b'é rás na gcamall croílár an lae, go háirithe sa mhéid is gur samhlaíodh go raibh comórtas ann idir muintir na háite, is é sin, muintir Nazarat agus gach dream ón taobh amuigh. Cé go raibh díocas agus féachaint in aghaidh a chéile, mar sin féin bhí formhór na ndaoine lán de spraoi is de dhea-mhéin agus ba róchuma leo fad is go mbeadh an rás go maith agus na pléaráca go binn.

Le fírinne, ba chuma le hÍosa agus lucht a pháirte. B'fhearr leo a bheith amuigh ar an imeall ag déanamh spóirt dóibh féin. Iad ag faire féachaint arbh fhéidir leo cairt lán de ghlasraí a iompáil bun os cionn fad is go gceapfaí gur timpiste a bhí ann. Na cuaráin lasmuigh den tsionagóig a mheascadh suas. Eireaball capaill a tharraingt i ngan fhios.

Mar sin féin, d'fhéachadar ar an rás mór. Ba ghá sleamhnú isteach i measc an tslua, óir níorbh fhéidir pioc a fheiscint laistiar den líne chun tosaigh. Uaireanta ba bhuntáiste a bheith beag chun caolú isteach faoi na cosa fada. Ach b'fhearr dáine go mór. Brú agus saigheadadh nuair a bhí an plód ag corraí.

Cé go raibh eolas maith ag Íosa ar na camaill, ba fheic neamhchoitianta i gcónaí iad a fheiscint ag rith is ag rás. Bhí cleachtadh aige ar iad ag siúl go mall, ag iompar spíosraí agus milisíní aneas ón Éigipt, dar leis. Cé go raibh sé féin san Éigipt ina leanbh óg dó ní raibh aon chuimhne aige air. Go deimhin, ba de sheans glan a fuair sé an méid sin amach, óir níor labhair Muire ná Seosamh riamh air. Shílfeá go raibh rún éigin ag baint leis an teaghlach a bheith san Éigipt, rún éigin nárbh eol dó.

Ainmhí ciotrúnta amscaí ba ea an camall, dar leis, a scrogall sínte amach roimhe, súile i bhfolach laistiar de fhlapanna feola, dronn air ar nós cnocán gainimh sa bhfásach féin. B'ait leis nach dtitfeadh siad leis an dóigh aisteach a bhí acu i mbun siúil. Agus is iad a bhí mífhoighneach. B'é dícheall na marcach smacht a choimeád orthu agus iad a ullmhú don rás.

Ansin ligeadh glam agus ghluaiseadar leo an machaire síos. Níorbh fhada péire chun tosaigh. An slua ag liúrach. A gcuid scrogall féin á síneadh amach ag daoine ar nós na gcamall d'fhonn iad a fheiscint. Ba dheacair aon rud a fheiscint i gceart leis an deannach a bhí á chaitheamh suas. Gnúsachtach na n-ainmhithe, béiceach na ndaoine. Go tobann, bhí sé thart. Gártha gairdeachais. Ach gáire chomh maith.

Ina ndiaidh aniar bhí Íosa ag teacht ar an asal. Cuma

air go raibh sé breá socair sochma. Nuair a thrasnaigh sé an líne, fuair sé liú faoi leith comhghairdeachais.

Rith a chairde amach chuige, cuid acu le cás ar a shon, cuid acu mar mhagadh.

'Cad é, i gcuntais Dé, a bhí á dhéanamh agat leis an asal in aghaidh na gcamall?' d'fhiafraigh Mordacáí de.

'Ní raibh mé i rás na gcamall,' arsa Íosa leis, 'bhíos i rás na n-asal, agus féach, nach mé a bhí chun tosaigh ar chách de na hasail?'

'Ach ní raibh seans ar bith agat.'

B'é rud adúirt Íosa, 'Chruthaigh Dia an t-asal, ach tá's agam mar atá a fhios agatsa nár thug sé aon sciatháin dó.'

Níor fhéad Seosamh seo a thuiscint in aon chor, agus thuairimigh sé gur cheart dó asal a cheannach dó dá lá breithe. Asal le sciatháin, dá mbeadh a leithéid ar fáil!

'Ná bac leis sin,' chomhairligh Muire dó, 'beidh go leor asal timpeall air i gcónaí.'

'Déanfaidh sé marcach maith,' arsa Amásá na rásanna le Seosamh ar ball, ach bhí a fhios ag Seosamh gur ag séideadh faoi a bhí.

'Mura ndéanann sé iomrascálaí maith roimhe sin,' arsa Dáiví, agus is lándáiríre a bhí sé siúd.

'Cad tá i gceist agat leis sin?' d'fhiafraigh Seosamh, óir bhí mearbhall air, mar a bhí go minic mar gheall ar a mhac.

'É féin agus Mordacáí,' arsa Árón ar ais, 'nár airigh tú ina dtaobh?'

Ní raibh faic cloiste ag Seosamh, b'in é an saghas duine é. Fonn air go n-imeodh an t-olc thairis mar aingeal san oíche. Fonn air nach dteagmhódh aon trioblóid lena dhoras féin. Bhí saol socair aige féin agus ag Muire, agus bhí Íosagán le cur i gcrích, nó ar a laghad ar an mbóthar ceart. Bheadh i bhfad níos fusa dá mbeadh ina shaor adhmaid, ach bhí a fhios aige anois nach mbeadh. B'in é a chuir eagla air. B'in é an fáth gur shamhlaigh sé bronntanas ag an aois a raibh sé ina chomhartha slí dó.

Shamhlaigh sé riamh go bhféadfadh sé casúr dá dhéantús féin a bhronnadh air. Nó siséal. Nó foireann tairní. Gach saghas ar son gach cúraim agus gnó. Shamhlaigh sé an lá go bhféadfadh sé ligean lena ais gur printíseach ba ea é fara le mac. Ach bhí an lá sin ag sleamhnú uaidh diaidh ar ndiaidh. Ní raibh a dhíth anois ach a fhionnadh cad a bhí uaidh, sa chás is go raibh aon tseans go raibh a fhios aige féin.

'Tá sé óg fós,' an t-aon fhreagra a d'fhaigheadh sé ó

Mhuire, freagra síoraí de dhealramh, freagra a chuala sé seacht n-uaire faoi sheacht ndeich má chuala sé uair amháin é, 'cá bhfios cad a dhéanfaidh sé leis féin?'

Bhí tuairim ag Seosamh go raibh níos mó ar eolas ag Muire ná mar a bhí sí ag ligean lena hais, ach uaireanta ní raibh aon léamh aige uirthi. Ní tuairim a bhí ann ach lándeimhinfhios.

'Ach tá Mordacáí is Íosagán an-mhór le chéile,' arsa Seosamh.

'Ní mar sin a bhí riamh,' arsa Eoin maol, agus d'eachtraigh sé mar a tharla an babhta iomrascála eatarthu de réir sheanchas na sráide. B'fhíor dó. Bhí siad sa bhuíon chéanna, ach is le déanaí a déanadh páirtithe cearta díobh.

'Is amhlaidh go raibh siad amuigh ar a mbearta baoise mar a bhíonn buachaillí,' arsa an tEoin céanna. 'Ag rancás, ag spleodar is ag útamáil. Ní fios cad a tharla i gceart. Bhí ainm an mhaistín amuigh ar Mhordacáí ar aon nós. B'eisean ceannasaí na buíne. Dhéanadh gach duine a réir. Is dócha gur shíl sé go raibh baol ann go ngabhfadh Íosa ceannas orthu. Tá an-mheas air, an-mheas ag cuid acu ar aon nós. Deireann sé nithe nach bhfuil aon duine ag coinne leo.

'Cibé ní faoi sin, bhí easaontas éigin eatarthu. Deir daoine áirithe gur éad a bhí i gceist. Daoine eile nár aontaigh Íosa le rud éigin a bhí á bheartú acu. Daoine eile fós … bhuel… go ndúirt Mordacáí "go bhfuil tusa saghas ardnósach agus go bhfuil drochmheas agat ar mhuintir na sráide toisc ceird mhaith a bheith agat…"'

'Mise? Ardnósach?' Bhí fearg ar Sheosamh. 'Is mian liom aire a thabhairt dom ghnóthaí féin, sin an méid. Ní bhaineann sin le haon duine. Cad a chuir sin ina gceann…?'

'…go síleann tú gur de shliocht rítheaghlaigh tú, agus go bhfuil tú níos uaisle ná daoine eile.'

'Amaidí bhaoth é sin ar fad,' arsa Seosamh, 'níor mhaígh mé riamh aon ní dá shórt, is de shliocht uasal sinn ar fad. Sliocht Dé. Sin an méid. Ach cén bhaint atá aige sin le hÍosagán ar aon nós?'

'Is dócha go ndúirt Mordacáí gur shíl Íosa an rud céanna, agus gur thug sé faoi, ag iarraidh an mustar a bhaint de.'

'Níl aon mhustar ag baint lem mhacsa,' arsa Seosamh, á chosaint. 'B'fhéidir go bhfuil sé éagsúil, ach táimid ar fad éagsúil. Tá súil agam gur thug sé leadradh maith dó, don mhaistín sin.'

Mhoilligh Eoin meandar sular fhreagair sé an t-am seo.

'Sin é is aite faoi, níor thug.'

'Ná habair go bhfuair Íoságán seo againne bualadh?'

'Ní bhfuair ach an oiread. De réir an scéala, bhí siad ag iomrascáil ar feadh tamaill, siar aniar, ar ais, ag lúbadh is ag casadh. Gur leag an leaid seo agatsa Mordacáí ar an talamh. Bhí sé ina shuí air mar sin ag iarraidh é a chiúnú. Bhí ag dul de. Scaoil sé de lámh Mhordacáí, agus bhuail Mordacáí ar an leiceann é. Is é a dhein do leaidsa ná a leathleiceann eile a thaispeáint dó, agus dúirt "Tá chomh maith agat an ceann sin a bhualadh chomh maith." Bhain sin siar ar fad as Mordacáí. Bhí a fhios aige go raibh sé cloíte. Thóg Íosa aníos as an talamh é agus thug barróg mhór dó. Dlúthchairde an bheirt acu ó shin.'

Bhí eireaball leis. Nuair a cuireadh ina leith gur meatachán ba ea é ar aon nós, dúirt Eoin nach raibh de fhreagra aige ach 'Más eagal leat na beacha, ní íosfaidh tú mil ar bith.'

Bhí ionadh ar Sheosamh. Bhí a fhios aige go raibh a mhac láidir go maith agus bhí in ann bíomaí móra troma adhmaid a iompar gan doic, mar a bhí sé bréan de bheith ag rá leis féin agus le cách eile. Ná níorbh aon phiteán ná lagrachán ach an oiread é, mar a shíl sé uair, a mhalairt go minic. Agus níorbh é nach bhféadfadh sé freagra borb, nó freagra a síleadh a bhí borb nó giorraisc a thabhairt uaidh ach an oiread. Ach ba fhreagraí iad a raibh rud éigin laistiar díobh, go fiú murar tuigeadh cad a bhí ann.

II

B'é sin a chuir ionadh orthu, ar Sheosamh is ar Mhuire, nuair a d'imigh sé leis i dteannta Mhordacáí lá dá raibh gan choinne, gan iarraidh. Is ea, dúirt sé leo go raibh sé ag dul 'ag spaisteoireacht', ach shíl siad gur spaisteoireacht tráthnóna nó lae a bhí i gceist aige. Ní raibh coinne le seo. Bhí a fhios acu go raibh sé ar iarraidh mar níor fhill sé abhaile mar ba dhual, agus chonacthas an bheirt acu ag dul ón mbaile amach ag gáirí agus ag féachaint i ndiaidh a gcúil.

Ní bhfuair siad tásc an turais sin choíche toisc nach bhfuair aon duine tuairisc ó cheachtar de lán na beirte acu.

B'é Íosa a mhol.

'Téanam,' ar seisean le Mordacáí, 'lean mise.'

'Cá bhfuilimid ag dul?' d'fhiafraigh Mordacáí de le hiontas. Níor shíl sé riamh go leanfadh sé duine ar bith. Ceannaire ba ea é féin, dar leis, agus ba chóir do dhaoine eile é sin a leanúint. Mar sin féin, bhí rud éigin daingean i nguth a chara nua nárbh fhéidir é a dhiúltú.

Is dá réir sin a bhain an freagra geit as.

'Ní fios. Inseoidh an bóthar dúinn.'

Ghabh siad amach thar imeall an bhaile, gan sac, gan mhála, gan airgead. Bhí na fígí á dtiormú ar sileadh ó bhallaí na dtithe, geancthithe ina luí beannaithe ina gcultacha aolbhána, cailíní óga lena gcosa anuas ó dhíonta thall is abhus ag déanamh froigisí de phiobair le snátha cadáis fan na slí.

'An bhfuilimid ann fós?' d'fhiafraigh Mordacáí le teann grinn nuair a bhí an chéad droimín curtha díobh acu agus an gaineamh ag síneadh rompu amach. Áiteanna feochta go híor na spéire agus gan oiread de shíol mustaird de dheoir báistí sna spéartha gan chríoch.

'Táimid ann seo,' arsa Íosa, 'ach nílimid ann siúd fós. Ní fios cathain a bheimid ann sin.'

Lean siad orthu coiscéim ar choiscéim go dtí go raibh an spéir ag deargadh go dorcha san iarthar.

'Cad is fiú na coiscéimeanna seo, mura bhfuil fios ár mbealaigh againn?' d'fhiafraigh Mordacáí, a raibh mearbhall fós air maidir le cad ina thaobh ar thoiligh sé gluaiseacht.

'Gníomh creidimh is ea gach coiscéim,' arsa Íosa, 'is chuige sin atá siad againn.'

'Ní chloisim guth duine ar bith ag glaoch sa bhfásach,' arsa Mordacáí, a raibh uaigneas ag teacht air, agus amhras.

'Ní foláir nó is tú atá bodhar, mar sin,' arsa Íosa leis, 'tá guthanna ag glaoch sa bhfásach le cloisint gach áit ach ár gcluasa a bheith ar leathadh.'

Shamhlaigh Mordacáí an fearann a bhí fágtha ina ndiaidh acu tar éis lae siúil, fearann nach foláir a bhí ina luí go támh faoi sholas na gealaí anois, talamh a chuir a dhualgas de ag tál cruithneachtan chomh hard leis na féara, is a rinne na crainn ológ trom le toradh. Chuimhnigh sé siar anois go binn air, amhail is gur bhain sé go hiomlán cheana leis an aimsir chaite.

Chuimhnigh sé, leis, ar an saol nár mhian leis a chaitheamh, saol an tuathánaigh ghabhair ar nós a athar, nó saol an iascaire ar nós a ghaolta. Ab sin uile a bhí sa saol? Na líonta a chaitheamh amach, éisc a tharraingt isteach, tamall id chodladh, tamall id dhúiseacht, ag dul ón lámh go dtí an béal gach re sea? Síol a chur, fómhar a bhaint, aire a thabhairt don ghabhar, pósadh agus a bheith ag caint, machnamh ar an arán laethúil? Nárbh in é a dhein a shinsir riamh, troid leis an gcré faoina gcosa, iomrascáil leis na héisc faoin muir? Bhí rud éigin eile uaidh féin, bhí a fhios aige sin. Arbh é sin an fáth a raibh sé ar an aistear aisteach seo leis an gcara ar shíl sé a chur faoi smacht ach a bhí á leanúint aige anois?

Luigh siad síos le codladh a dhéanamh.

'Na sionnaigh féin, tá leaba dhearg acu lena gcloigeann a chur síos, ach níl againne ach an poll seo,' arsa Íosa, cé nach raibh an chuma air go raibh sé ag gearán. Bhí siad ag éisteacht le monabhar bog na gaoithe agus ag féachaint ar aon réalta aonair amháin a bhí ag faiteadh a cuid solais leo. An ghealach ina braon mór fíona lasnairde ag tabhairt aire dóibh. B'fhéidir gur airigh siad seacál ag éamh i mball éigin i bhfad uathu, ach b'fhéidir arís nach raibh ann ach samhlú.

An mhaidin dar gcionn thosnaigh siad ar a dturas arís.

'Tá ocras ormsa,' arsa Mordacáí, 'tá na fígí sin a thógamar linn ite, agus an canda aráin chomh maith.' Luigh a aigne ar na dátaí feolmhara a d'fhág sé sa bhaile agus ar an bportán beirthe a thug a mháthair dó cúpla lá roimhe sin.

'B'fhéidir go bhfeicfimis crann go luath,' arsa Íosa, 'ceann promagránaití, agus bhainfeadh sin an tart dínn chomh maith.'

'Ní fheicim mórán crann an tslí a bhfuilimidne ag dul,' arsa Mordacáí, 'níl anseo ach sceacha agus toim bheaga nach bhfuil aon torthaí orthu dúinn.'

'Cá bhfios, mar sin,' arsa Íosa agus glinniúint ina shúile, 'b'fhéidir go mbeadh orainn bheith i dtaobh le lócaistí agus le mil.'

136

Mar sin féin, ghrinnigh siad bláth beag buí leis féin ag péacadh aníos idir dhá charraig, agus d'airigh éan éigin ag bícearnach i scabhat ar imeall na slí. Is i dteirce a bhí gach rian den bheatha ag dul de réir is mar a shlog an gaineamh a gcoiscéimeanna. Thabharfadh Mordacáí rud ar bith ar son baile beag bán a fheiceáil ar íor na spéire, ach tásc ar bith ní raibh ar a leithéid.

Is ansin a chonaic siad an cruth i bhfad uathu.

Ní raibh ann ach spota. Rud éigin nár ghaineamh é. Ar nós rud éigin a thuirling ó na spéartha anuas. Néall reoite, b'fhéidir. Cloch de chuid na gealaí. B'iontaí leo nár bhog go fiú agus iad ag druidim ina leith.

Bhí a chúl leo. An fear. Gruaig easa go bun a ghimide air. É ina shuí ar charraig i lár an fhásaigh. Níor thiontaigh sé ina leith nuair a ráinig siad é.

B'é Mordacáí a labhair i dtosach leis.

'Dia do bheathasa,' ar seisean, agus iontas air go mbeadh fear ina shuí leis féin ar chnap carraige i lár an fhásaigh.

Níor labhair mo dhuine i dtosach ach ag féachaint uaidh i dtreo íor na spéire, deireadh an ghainimh. Shílfeá nár thug sé aon aird orthu, a shúile ag stánadh amach uaidh, ach mar sin féin ag stánadh isteach ann féin. Níor léir do lán na beirte acu cad ba chóir dóibh a rá, ach ba ghá caint éigin a dhéanamh le duine ina aonar i lár an fhásaigh a bhí ann d'aon ghnó ina dhuine aonair leis féin i lár an fhásaigh.

Bhí fonn ar Íosa é a phriocadh, nó neachtar acu, líomóg

a bhaint as, féachaint an raibh sé beo. Nó an amhlaidh nach raibh ann ach dealbh ar déanadh dearmad air, agus a chaill a theanga, nó nach raibh aon rud le rá aige.

Tháinig mífhoighne ar Mhordacáí, agus labhair go borb leis tar éis mórán eile ceistiúcháin nár freagraíodh.

'Ach cad is ainm duit in aon chor ar aon tslí agus tú anseo san uaigneas ag féachaint ar an spéir is ar an ngaineamh?'

Ba léir dó go mbeadh freagra ag teacht mar thiontaigh súile an fhir mar a thiontódh súile laghairte agus é ag faire gach taobh. Thóg sin tamall, áfach.

Ar deireadh, chualathas an glogar ó íochtar scornaigh: 'Níl aon ainm orm. Is duine mé. Nach leor sin do dhuine ar bith?'

Mar a tharla, níor leor.

'Cad tá á dhéanamh agat anseo?' d'fhiafraigh Íosa de, agus bhí rud éigin ina ghlór a d'éiligh freagra.

'Táim ag adhradh Dé,' arsa mo dhuine ar an gcarraig, agus ba léir nár mhó ná sásta a bhí sé go gcuirfí isteach air.

'Cad a bheir duit a cheapadh go raibh adhradh ag teastáil ó Dhia,' arsa Íosa, 'nach bhfuil sé foirfe ann féin cheana agus cén fáth a mbeadh sé ag iarraidh go ndéanfadh an neach a chruthaigh sé umhlaíocht dó?'

Níor chorraigh an díthreabhach, ach b'fhéidir gur ghluais mac imrisc a shúile oiread na fríde. Ní raibh aon taithí aige ar dhaoine teacht chuige, ní áirím labhairt leis, gan trácht ar dhíospóireacht a chothú. B'fhearr leis fanacht ina thost, ba léir.

Ar deireadh, dúirt sé: 'Féach amach ansin. Tá an saol go léir in aon ghráinnín gainimh. Táim ag iarraidh breith ar aon cheann amháin díobh. Is leor sin. Dá ndéanfainn sin, is mé a bheadh sásta. Thuigfinn Dia agus an saol ansin.'

Chrom Íosa síos. Thóg sé glac den ghaineamh aníos. Lig dó sileadh trína mhéara go dtí nach raibh ach aon ghráinne amháin fágtha. Shín sé chuige é.

'Seo dhuit,' ar seisean, 'tóg leat an ceann seo. Tá an saol go léir ann. Tar anuas ansin agus siúil leat sna bailte. Ní féidir leat dul faoi na gréine a bhlaiseadh mura siúlann tú ionsair. Ní thálann an mhuir gan chorraí ach éisc atá marbh.'

Ba léir nár réitigh sé leis an díthreabhach go mbeadh buachaill óg ag stealladh cainte leis mar sin. Dar leis, ba dhalba an mhaise dó cur isteach air mar seo. Thóg sé an gráinne gainimh agus dhein é a ghrinneadh go mall.

'Tógfaidh sé tamall orm é a fheiscint i gceart,' ar seisean, 'ní fhónann tuiscint an fhéachaint ghasta.'

'B'fhéidir go bhfónfadh féachaint ghasta an tuiscint,' arsa Íosa go prap, 'go háirithe don duine a bhfuil súile aige agus iad ar oscailt.'

Ba léir nár thaitnigh an comhrá seo leis an díthreabhach, agus chúb sé isteach ann féin. Chuir na fabhraí os cionn a dhá shúil an húda sin a bhíonn ag an gcamall anuas ar a dhearca d'fhonn iad a chosaint ó shéideadh an ghainimh i gcuimhne do Mhordacáí.

'Conas a chothaíonn tú tú féin?' d'fhiafraigh Mordacáí de, óir b'ait leis go mbeadh duine beo i mball mar seo gan aon soláthar bia ina aice, agus b'fhéidir go raibh sé ag cuimhneamh go n-oirfeadh bia dóibh beirt san áit seo i bhfad ó dhaoine.

Ní dúirt an díthreabhach pioc go ceann tamaill, ach bhí gluaiseacht bheag ina scornach.

Ansin, 'Táim beo ar an aer agus ar ghrásta Dé,' ar seisean go mall, agus d'ísligh a cheann le humhlaíocht.

'An é atá uait, mar sin,' arsa Íosa, ag féachaint go díreach idir a dhá shúile, 'go mairfeadh cách mar sin? An dóigh leat gur féidir leis na boicht agus na truáin agus iad siúd a bhfuil ocras go laethúil orthu, an dóigh leat gur féidir leo sin a bheith beo ar an aer agus ar ghrásta Dé? Cén saghas sampla é sin don saol?'

Níor labhair aon duine leis mar seo riamh cheana, thiocfadh nár labhair aon duine leis le fada. Chorraigh sé.

'Táim ag adhradh Dé,' ar seisean arís go daingean.

'Ach is ar éigean go bhfuil tú ann,' arsa Mordacáí leis, 'níl spide fí ort. Má shéideann an ghaoth beidh tú imithe húis mar a bheadh duille le puth.'

'Agus dá gcuirfeá suas meáchan,' arsa Íosa le fonn spraoi, 'bheadh níos mó díot ann chun Dia a adhradh.'

Dhein Mordacáí miongháire leis seo, ach ní fhaca an díthreabhach aon ghreann ann.

'Bhí taibhreamh agam uair amháin,' ar seisean go tomhaiste, 'taibhreamh inar taispeánadh duine ina shuí ar charraig san fhásach, agus tar éis dó tamall fada a chaitheamh ann ina throscadh nochtadh fís dó. Tá ocras físe ormsa…'

'…agus anois níl d'fhís agat ach an gaineamh,' arsa Íosa, agus chuir sé a lámh os cionn súile an fhir ar an gcarraig ag cosc solas na gréine air.

'Bain anuas do lámh,' ar seisean, 'ní thig liom paidir a dhéanamh gan an solas a bheith agam.'

'Ní hé solas na gréine atá uait le paidir a dhéanamh,' arsa Íosa, 'ach solas an tsaoil.'

'Sin é atá uaim, sin an fáth a bhfuilim anseo, sin adúirt an taibhreamh liom.'

'Cad a thug le fios duit gur tusa a bhí sa taibhreamh?' d'fhiafraigh Íosa de. 'Agus cé dúirt nach raibh sa taibhreamh ach an tsamhlaíocht ag súgradh leis féin?'

Chuir sin mearbhall ar an díthreabhach, agus b'éigean dó rud éigin a rá.

'Táim ag éisteacht le smaointe an domhain,' ar seisean, agus d'ardaigh sé a lámh amhail is go raibh ábhar á phiocadh aige as an spéir.

'Ach níl aon ghaoth agat leis na smaointe sin a cheapadh id dhá chluais,' arsa Íosa, 'níl aon uisce ionat leis an machnamh a sheoladh ar aibhneacha an tsaoil.'

Chuir an díthreabhach lámh ar an bhféasóg aige mar ba dhóigh leat go raibh sé ag iarraidh smacht a choimeád air féin.

'Cé sibhse le bheith ag caint liomsa?' an méid sin go borb uaidh le drochmheas ar bheirt ógánach a ráinig a bheith ag siúl na slí.

'Tá scéal agam duit,' arsa Íosa, 'agus níl sé deacair é a thuiscint. Bhí fear ann aon uair amháin agus bhí asal aige. Bhí sé dian ar an asal. Chuir sé ag obair é ó dhubh go dubh. Sos ná suaimhneas níor thug sé dó. Nuair nach raibh sé ag obair dó choinníodh sé istigh faoi ghlas é. Thug sé faoi deara, áfach, nár airigh sé riamh an t-asal ag gángarnach. Níor airigh sé riamh fuaim asail óna bhéal. Shíl sé gur rud maith ba ea é sin, óir ní raibh an t-asal ag gearán. Lá amháin, áfach, thug sé an t-asal leis chun an aonaigh. Bhí an t-aonach plódaithe le daoine, agus le hasail eile. Nuair a chonaic an t-asal na hainmhithe eile phléasc sé amach ag gángarnach. Sin é mo scéalsa.'

Lean ciúnas an méid sin. D'fhéach an díthreabhach go díreach amach gan chor as. Thug Mordacáí nod d'Íosa gur mhithid dóibh imeacht.

Ar deireadh, labhair an díthreabhach, 'Ní thuigim é.'

D'iompaigh Íosa ar a sháil, rug greim uillinne ar Mhordacáí agus choisigh siad leo ag tabhairt aghaidh ar áit a raibh an glasra ag fás agus daoine le labhairt leo agus iad fós gan sparán, gan mhála, gan bhróga.

Tar éis tamaill labhair Mordacáí.

'Mo dhuine ansin, an duine a d'fhágamar, an dóigh leat go bhfaighidh sé a bhfuil uaidh?'

'Tá sin ag brath,' arsa Íosa, 'ar cad tá uaidh.'

'Níl a fhios agam, fís adúirt sé, gaois de shaghas éigin.'

'Ní hí an ghaois a mheánn,' arsa Íosa, 'tá gaois furasta le fáil. Is é an méid a dhéanann tú léi atá tábhachtach.'

'Tá an chuma air go bhfuil sé ag féachaint isteach sa tsíoraíocht.'

'Tá níos mó foidhne ag an tsíoraíocht ná mar a cheapann sé siúd. Is dóigh leis go bhfeicfidh sé slua na n-aingeal má dhiúltaíonn sé do dheoch uisce. Tá na fáidheanna ag siúl trína cheann ó mhol go mol ach ní fheiceann sé an duine ag an tobar. Tá sé ag lorg Dé, adeir sé, ach tá sé ag dul i bhfolach faoina scáil féin.'

'B'fhéidir gur ag iarraidh éalú ó chathuithe an tsaoil atá sé.'

'Go díreach é. Tá sé i bhfad níos deacra a bheith i measc daoine ná amuigh san fhásach leat féin. Tá grá aige do Dhia agus dó féin, ach níl aon ghrá aige do dhaoine eile. Is é an rogha bhog a ghlac sé.'

'Agus cad tá ar siúl againne, mar sin, muran ag teicheadh atáimid?'

Ní dúirt Íosa pioc ar feadh nóiméid.

Ansin go ciúin, 'Fan go bhfeicfidh tú.'

Lean siad orthu agus an ghrian mar a bheadh sí ag caitheamh lasracha tine anuas ar a gcloigne. Má bhí an spéir ag gáire níorbh eol dóibh é. Deoir uisce ní raibh ina ngaobhar d'fhonn tart na talún a mhúchadh. An gaineamh ag síneadh amach rompu ag titim is ag éirí ar nós tonntracha na farraige.

Lean siad orthu mar sin i rith an lae go dtí go raibh an ghrian ag crochadh go híseal mar a bheadh fíonchaor ag bun na spéire agus an dorchadas agus an solas ag iomrascáil le chéile ar imeall an domhain. Ar ball dhún súile Dé – an ghrian agus an ghealach – isteach iontu féin agus chodail siad go sámh oíche amháin eile.

Ar maidin ba dhóigh leo go raibh an saol tar éis bogadh mar tamall uathu chonaic siad baile beag ag glioscarnach ina ghile féin. Níor léir dóibh é roimhe sin ach ní foláir nó bhí tuirse na gcos ina súile freisin.

Ghluais siad leo go dtí go bhfaca siad ar imeall an bhaile na dátaí pailme agus na giolcacha ag fás mar a bheadh cosaint ann. Chuaigh cailín óg tharstu agus ualach á iompar aici ar a ceann. Bhí boladh duilleoga fíniúna i neas dóibh agus mus fíonchaora a bhí mós aibidh. Chuaigh scuaine de sheangáin dhubha trasna an chosáin os a gcomhair amach ar nós abhann a bheadh ag gluaiseacht go tomhaiste.

Chonaic siad tobar uathu i lár an bhealaigh agus chuaigh siad faoina dhéin óir bhí ocras millteanach orthu. Aon bhean amháin a bhí ina aice, bean mheánaosta cheapfaí, gan bhráisléid ná fáinní cluaise ach a raibh próca lena más ar bhruasa an tobair.

'Ar mhiste leat,' d'fhiafraigh Íosa di go béasach, 'dá dtógfaimis deoch uisce aníos as an tobar sin agat?' Is maith go raibh a fhios aige go raibh luach faoi leith ag na toibreacha seo agus go ndéantaí iad a chosaint go minic ar stróinséirí a mbeadh amhras orthu.

Ní dúirt an bhean faic, ach sheas i leataobh ag déanamh comhartha dóibh gabháil i leith.

Bhí Mordacáí níos airde ná Íosa agus chrom sé os cionn an tobair ag síneadh bosa a láimhe síos féachaint an bhféadfadh sé blaiseadh den uisce mar sin.

D'iompaigh sé i leith.

'Tá sé tirim,' ar seisean, 'níl aon uisce ann.'

'Tá's agam,' arsa an bhean, 'sin an fáth a bhfuilim anseo.'

D'fhéach Íosa síos isteach sa tobar. Ní raibh ann ach clocha agus púróga agus fiailí ag teacht aníos tríothu. Bhí mearbhall air.

'Cad chuige tú a theacht anseo, mar sin?' d'fhiafraigh sé, agus ba léir nach raibh duine ar bith eile ag triall ar an áit.

'Chun mé féin a fheiscint,' ar sise go lom, 'sin mise ag bun an tobair.'

Thuig sé láithreach.

'Is dóigh leat gur chuir Dia glas ar do bhroinn,' ar seisean, 'agus tá tú ag filleadh ar do chuid fulaingte gach lá.'

'Is tú adúirt é.'

'Cé a chuir an milleán ort?' ar seisean.

'An baile, an saol, mé féin.'

'Ní mó ná mar a chuirfidh mise aon mhilleán ort. B'fhéidir gur ar d'fhear céile an locht.'

'Ní bhíonn aon locht ar na fearaibh,' ar sise, agus d'fhéach siar i ndiaidh a cúil. 'Ar aon nós, an té nach bhfuil páistí aici, is lú a mbíonn de dheora le sileadh. B'fhéidir gur beannacht ó Dhia an méid sin féin.'

'Cad a dhein tú id óige?' d'fhiafraigh Íosa di.

'Bhínn ag rince.'

'Nach dóigh leat gur bheannacht ó Dhia an méid sin féin?'

Ní dúirt sí aon rud eile, ach shín Íosa a lámha amach agus leag ar a guaillí iad. Sceit sí beagán agus tharraing siar. Dhein Íosa miongháire beag léi agus d'imigh ar luas, Mordacáí ina dhiaidh.

Ghluais siad tríd an mbaile, boladh an aráin úrnua agus allas daoine arna mheascadh le chéile ar an aer. Aghaidheanna ar dhath na heornan ag féachaint amach orthu ó dhoirse oscailte.

Nuair a ráinig siad an taobh eile den bhaile bhí slua cruinn timpeall ar rud éigin, iad ag caint is ag cabaireacht. Mná is mó, ach fir, leis, ag cogaint nó ag stánadh.

'Cad é seo?' d'fhiafraigh Mordacáí.

Tobar a bhí ann. Tobar eile. Tobar a raibh uisce á thál as.

'Cén fáth i gcuntais Dé nár thriall an bhean bhocht don áit seo, tá fuílleach uisce ann?'

'Cá bhfios?' arsa Íosa. 'Sílim féin gur fearr léi a bheith beo ar an dóchas ná ar an saol mar atá. Sa mhéid sin, tá creideamh aici sna míorúiltí. Rud nach miste dúinn go léir.'

'Baothbhean go cinnte,' arsa Mordacáí, 'í as a meabhair, glan.'

'B'fhéidir go raibh na haingil ag timireacht os a cionn.'

'Tá tusa níos measa!' Thug sé sonc ceanúil d'Íosa agus d'fhágadar an baile ina ndiaidh.

Trí lá eile a chaitheadar mar sin. Ag gluaiseacht sa lá agus ina gcodladh faoi charraig nó i bpluais san oíche.

Ghabhadar thar mhachairí ina bhfaca siad na pubaill

thíos uathu ag déanamh corcrachta den lá agus an ghrian ag dul faoi. Tinte á lasadh thall is abhus nár bhain leo agus giollaí ag dáileadh seirbit nó caoireola de réir is mar a d'oir. B'fhéidir go raibh dánta á n-aithris agus ceolta á seinm agus fíonta á ndáileadh agus drumaí na hoíche á mbualadh, gach rud lasmuigh dá raon féin. Cumraíocht na talún ag athrú mar a bheadh droim liopaird agus é ag faire.

Uair eile fós chonaic siad fir ina suí go croschosach ag ól as soithí gorma is dearga is an ghrian ag glioscarnach orthu fad is a shín an bealach rompu amach mar a bheadh nathair fhada ag lúbadh is ag casadh i dtreo na síoraíochta. Tamall uathu ó am go chéile stuanna sléibhe mar a bheadh bogha ag pógadh na cré de gach leith. Arís eile, goirt ag luascadh leo faoi chuimilt bhog na gréine.

Is nuair a chonaic siad an slua ag triall soir ina scuaine is ea a leanadar iad.

'Ní foláir nó tá aonach nó lá margaidh ar siúl,' arsa Mordacáí, 'b'fhéidir gur féidir leat d'asal a chur i gcomórtas leis na camaill arís.'

Dhein Íosa miongháire. Bhí a fhios aige go mbítí ag magadh faoi ach ba chuma leis.

'Nó b'fhéidir go bhféadfá cuid de na clis sin agat a chur chun ár leasa, tá's agat, nathair nimhe a chur ag rince, féileacán a tharraingt amach as do mhuinchille, seacht liathróidí a chur ag lámhchleasaíocht uait le chéile, nithe simplí mar sin is dual duit. Gheobhaimis rud éigin le n-ithe ar a laghad, óir tá ocras millteanach ormsa,' lean Mordacáí leis, mar is fíor go raibh sé stiúgtha tar éis cúpla lá de bheith ag ithe sméara na talún agus cibé cnó arbh fhéidir a phiocadh ó na crainn.

Ghluais siad isteach laistiar de strillín daoine, an treo céanna fúthu go léir. Ní raibh oiread gabhar ná caoirigh ag siúl na slí, rud a chuir amhras orthu an aonach nó lá margaidh a bhí rompu. Fir is mó a bhí sa slua chomh maith, fág nár chúis iontais ar fad é sin, mar ba dhual do na mná gan an baile a fhágáil mura mbeadh práinn leis. Mar sin féin, bhí beagán éigin ina measc, iad óg go maith ar an mórchóir.

'Beag an seans a bheidh againn ar chailín,' arsa Mordacái, a raibh an dúil sin ag péacadh ann le tamall, nó shíl sé go raibh, agus bhí a shúile ar leathadh ag gliúcaíocht ar a raibh de mhná óga ag siúl na slí. An méid díobh a bhí inphósta bhí fir á dtionlacan, ach bhí go leor eile a raibh a ngáire ag dul in iomaíocht leis an ngrian.

Bhí Íosa ag féachaint orthu, leis, ach ba mhó a shuim an uair seo i gcloigne na ndaoine a bhí ar a gcromadh síos, ag stánadh chun talaimh.

'Cad tá ar siúl?' a d'fhiafraigh sé de dhuine ina aice, a bhí réidh lena scothadh amhail is go raibh dithneas air.

Smid ní dúirt sé ach gluaiseacht ceann ar aghaidh agus ligean do dhaoine teacht ina dhiaidh laistiar.

'Féach uirthi sin!' arsa Mordacái, ag tabhairt poc beag dó, agus ag comharthú mná óige, cailín le fírinne, a raibh aghaidh uirthi chomh geal leis an maidin aoibhinn bhán agus snua chomh glan le huisce an tobair nuair a chéadphéac aníos as broinn na talún.

Thug Íosa í faoi deara, agus dhein miongháire chomh maith lena chara, ach bhí síneadh faoin lá agus fad leis an eachtra agus b'éigean greim a bhreith ar urla na huaire.

'Cad tá ar siúl?' a d'fhiafraigh sé arís d'fhear a bhí ina aonar ach maide ina lámh amhail is go raibh sé ar tí naimhde a scuabadh soir siar as an tslí.

'Mura bhfuil a fhios agat,' ar seisean go borb, 'b'fhearr duit gan a bheith anseo.' Leis sin ghluais sé leis go dithneasach, agus chaith leathshúil siar nuair a bhrostaigh sé chun cinn.

B'ait le hÍosa agus le Mordacáí nach raibh aon duine ag caint. Go fiú le chéile. B'é ba ghnáthaí lá aonaigh nó margaidh go mbeadh cách ag cabaireacht is ag clabaireacht le chéile. An nuacht ba dhéanaí, an rud a tharla, an rud a síleadh a tharla, an rud nár tharla, an rud ar chóir go dtarlódh sé, an rud a tharlóidh, an rud ar cheart go dtarlódh sé, an duine adúirt seo, an duine nach ndúirt faic, an duine ar cheart dó a mhalairt a rá, an rud a ceapadh a dúradh, an rud a aontaíodh a dúradh, an rud a séanadh a dúradh, an rud a samhlaíodh a dúradh, an rud a measadh a dúradh, an rud a dúradh go cinnte, an rud arbh fhéidir go mb'fhéidir a dúradh, luach na ngabhar, praghas na gcaorach, líon na gcamall, easpa an fhíona, ganntanas éisc, saint na sagart, seo, siúd, eile agus gach ní a chiorródh an bóthar nó a thabharfadh an t-am isteach fad is a bhí coiscéim á cur le coiscéim eile ar a mbealach soir dóibh.

'Nílimid á iarraidh seo,' chuala Íosa mar mhonabhar

ó sheanduine amháin a chonaic an dá shaol is ar léir air gurbh fhearr leis a bheith sa bhaile.

'Bhí a fhios agam go dtarlódh arís,' ó dhuine eile, ó dhuine a raibh mála á iompar aige ach nárbh fhios cad a bhí istigh aige ann.

'B'fhéidir a shocrú nach dtarlódh sé a choíche ná go deo as seo suas,' adúirt óganach, ach bhí an chuma air go raibh sé ag dithneasú níos luaithe ná aon duine eile. A shúile á gcaitheamh aige siar thar a ghuaillí agus timpeall máguaird ar nós go raibh daoine ar a thóir.

'Thig leis an ghealach solas a chaitheamh ar an rud nach soilsíonn an ghrian,' arsa duine eile go mistéireach, ach Íosa féin níor thuig sé cad a bhí á bhladar aige.

'Más fíor sin,' arsa bean a bhí ag éisteacht, 'is do na súile an radharc, do na cluasa an éisteacht, ach do na beola a choinneáil iata agus ina dtost.'

Chuir seo breis mearbhaill ar an mbeirt acu ach fós féin ghluaiseadar leo i dteannta an tslua. D'éirigh an baile aníos níos soiléire ach shamhlaigh Íosa é a bheith ar a ghogaide ag dul i bhfolach sula slogfadh íor na spéire é.

B'é an saighdiúir a chuir smacht orthu.

'Mar seo libh!' ar seisean go beo, údarás a ghutha ag cur lena sheasamh in ainneoin nárbh fhear mór ard a bhí ann. Bodán na gcloigíní ar a chlogad agus strapa trasna ar a smig a shílfeá air gurbh é a choinnigh le chéile é.

An slua scaipthe a bhí ag gluaiseacht mar a bheadh uisce a dhoirtfí as crúiscín ar an talamh go dtí seo, bhí anois á stiúradh le chéile nach mór ina líne dhíreach.

'Isteach mar seo!' a bhéic an saighdiúir, ar léir air go raibh orduithe simplí tugtha dó. Chúngaigh tithe dhá thaobh na sráide isteach iad agus ba ghairid go bhfaca siad saighdiúirí eile a raibh fuipeanna ina lámha acu réidh chun buailte mura ngluaisfeadh an slua chomh mear is ba mhian leo. Madraí, leis, a bhí acu, iad ag amhastraigh mura mbogfadh an scuaine de réir is mar a bhíothas ag tathant orthu.

'Cad tá ar siúl in aon chor?' d'fhiafraigh Íosa de dhuine ar tháinig sé suas leis mar bhí ag siúl níos moille ná formhór na ndaoine.

'B'fhearr liom go scaoilfí an pháis seo tharam,' ar seisean de mhonabhar.

'Cad tá i gceist agat?' d'fhiafraigh Íosa de arís, agus rug greim ar a chóta ionas nach n-iontódh sé uaidh.

Ach ansin, gan choinne fuair sé priocadh ina dhroim. Saighdiúir a bhí ann.

'Brostaigh ort!' liúigh sé leis. 'Ní fhónann moill. Tusa óg lúfar. Déan deifir!' Agus leis sin thug sé langaire faoin gcluais dó a chuir beala faoina ioscaidí in aghaidh a thola féin.

Nuair a shroich siad na sráideanna thug Íosa faoi deara go raibh na stainníní agus na botha cois bealaigh ann ceart go leor ach ní raibh aon duine ag ceannach. Go deimhin, má bhí aon duine den lucht díola iontu is ina suí a bhí siad. Agus ina dtost.

Bacach amháin ina shuí agus a bhéal á leathadh aige ach gan smid á rá. Bacach eile a raibh a dhá chois briste ina óige ag crúbadh go ciotrúnta i dteannta na ndaoine ach ag dul de coinneáil suas leo.

Chrom Íosa síos chun cuidithe leis, ach rug saighdiúir eile air agus rop ar ais sa ghluaiseacht dhaonna é.

'Beidh am go leor ag an leadhbán sin,' ar seisean go borb. 'Is é do leithéidse atá uainn!'

'Cad tá i gceist agat?' d'fhiafraigh Íosa de go caoin, ach ní bhfuair sé de fhreagra uaidh ach drannadh, agus 'Beidh le feiceáil … agatsa!'

Mhoilligh an slua ar an taobh eile den bhaile. Cheap Íosa go raibh na céadta ann faoi seo. Iad ina seasamh timpeall, an ghrian go hard sa spéir. Shuigh cuid acu síos, ach d'fhan a bhformhór ina seasamh. Ní raibh mórán cabaireachta le cloisint.

Bhí airdín beag os a gcomhair amach. Saighdiúirí ina seasamh ann. Duine acu feistithe níos míleata ná an chuid eile. Coiscéimeanna beaga á dtabhairt aige soir siar, amhail is go raibh mífhoidhne air agus réidh le rud éigin a dhéanamh.

Ní raibh radharc róshoiléir ag Íosa ná ag Mordacáí ar a raibh ar siúl mar bhí fear ard ina sheasamh os a gcomhair amach agus éadaí fada scaoilte air. Bhog siad i leataobh é, ábhar, agus ghluais beagán chun tosaigh.

Is ansin a chonaic siad an radharc. Bhí sé doiléir i dtosach, ach chuaigh a súile i dtaithí ar a raibh os a gcomhair.

Bíomaí adhmaid ar an talamh chomh fada is ab fhéidir leo a dhéanamh amach. Daoine ina luí orthu.

Cuma orthu go raibh siad leointe nó gortaithe ar shlí

éigin. B'fhéidir go rabhthas le cóir leighis a chur orthu. Bhí trácht cloiste acu ar iarrachtaí a bhí á ndéanamh i bhfad ar shiúl ar aire cheart a thabhairt do na heasláin. B'fhéidir go raibh a leithéid tagtha chun baile.

Is ansin a hairíodh an liú. Osna mhór alltachta a bhí ann. Chualathas gíoscán an adhmaid agus scread léanmhar an duine.

Bhí fear á ardú aníos ón talamh ar dhéantús adhmaid. A dhá ghéag sínte amach ar dheis is ar chlé. Rópaí go teann orthu agus é mar a bheadh ar crochadh ar an aer.

'Go bhfóire Dia orthu,' arsa Íosa, 'cad tá déanta aige?'

'Na bastaird!' arsa Mordacáí. 'Ní fhaca mé a leithéid riamh!'

'Feicfidh tú níos mó,' arsa fear ina n-aice. Smig fhada leis nach mór ag cuimilt barr a chléibhe. 'Níl anseo ach tús an anaithe.'

An dara fear á ardú go mall. Cúpla duine ina bhun. Gíoscán an adhmaid, guagadh beag nuair ba dhóbair do na saighdiúirí a ngreim a chailliúint, ansin buaileadh an déantús adhmhaid isteach sa talamh de phlab. Cromadh ar chlocha agus ar chré a chaitheamh isteach sa pholl ionas go mbeadh an t-iomlán daingean. Bhí leathshúil amháin an fhir dúnta, an leathshúil eile chomh mór le seadóg.

Sheas saighdiúir amháin amach chun tosaigh, óir ba léir gur aige a bhí an t-údarás. Bhí sin ar a fheisteas agus ar a ghuth. An dá chros laistiar dó mar ghardaí ar an spéir.

Labhair sé leis an slua go láidir soiléir, a ghlór á

chaitheamh amach aige ionas go gcloisfí é sna cúinní ab fhaide uaidh. A ghuth ag dul suas is síos de réir mar ba ghá, ach daingne ann go diongbháilte, gan luid amhrais ina ghaobhar.

'Cad tá á rá aige?' arsa Mordacáí. 'Ní thuigim focal.' Leathmhonabhar le hÍosa.

'Ná mise ach an oiread,' arsa Íosa.

'Ach tusa eolach. Tuigeann tú na teangacha, cad tá á rá aige?'

D'iompaigh Íosa ina leith. B'éigean labhairt i gcogar ar eagla go mbéarfadh aon duine de na saighdiúirí orthu. Is iad a bhí ann, ina dtimpeall ag faire.

'Tá ár dteanga féin agam, agus thig liom Eabhrais a léamh, agus beagán den Ghréigis a labhairt, ach níor airíos an bladar seo ariamh.'

Dhruid fear na smige fada níos gaire dóibh.

'Laidin í sin,' ar seisean, 'teanga an impire. Teanga na Róimhe.'

'Teanga na saighdiúirí,' arsa Mordacáí, agus chaith sé seile ar an talamh.

'Blocanna marmair,' arsa Íosa, 'cuireann sí blocanna marmair i gcuimhne dom, mar atá ar an dún in Seferis a mbíodh m'athair ag obair air. Blocanna crua cloiche nach bhféadfadh filíocht a bheith inti, ná fáidh í a labhairt, sin í a samhail.'

'Ach cad tá á rá aige?' d'fhiafraigh Mordacáí arís.

Níorbh fhada go raibh fhios aige. Stop an saighdiúir agus thóg amach scrolla. Chuimil an scrolla lena shrón agus thug céim chun tosaigh ag glanadh a scornaigh ag an am céanna.

'Ar eagla nár thuig sibh teanga ár ndéithe, agus teanga na himpireachta, a dhaoscair na sráide is an ghoirt, a thráilleanna liom, scaoilfidh mé an scéala chugaibh in bhur ngibiris féin le súil is go rachaidh i bhfeidhm ar an gcuid is dúire agaibh, agus tuigim gurb é sin bhur bhformhór.'

'Is fearr a thuigim é seo,' arsa Mordacáí, 'thuigfinn masla i dteanga ar bith.'

'Ní go rómhaith atá ár dteanga aige ach an oiread,' arsa Íosa, 'níl aige ach déanamh a ghnó di, agus sin go bacach.'

Mar sin féin b'éigean dóibh éisteacht. Chorraigh an slua bíodh nárbh aon fhonn leo an méid a bhí le rá a chloisint.

'Na daoine seo a fheiceann sibh crochta ar na croiseanna seo,' ar seisean, ag comharthú na beirte laistiar dó, cé nárbh aon ghá a fheiceálaí is a bhí siad. 'Na péisteánaigh seo, na smugacháin seo, gadaithe bréana is ea iad. Dhein siad iarracht ar bhia an impire a ghoid. Chuir siad rompu briseadh isteach i stóras an impire agus a chuid bia a thógáil amach as a bhéal. Ní haon leithscéal é a rá go raibh ocras orthu, mar adeir siad. Tá ocras ar an impire chomh maith. Tá ocras air mar caitheann sé na mílte daoine a chothú. Caithfidh sé sibhse, a pháistí, a chlann mhac agus iníon, caitheann sé sibhse a chothú, bia a choinneáil libh. Shíl an bheirt seo a bhia, bhur mbia, a ghoid, a thógáil dóibh féin. Coir in aghaidh an impire é sin, coir in aghaidh an tsolais. An té a dhéanann coir in aghaidh an tsolais, tá an doircheacht tuillte aige. Tá doircheacht an bháis tuillte ag na gadaithe seo, agus gheobhaidh siad é sa tslí is dual dúinne é a thabhairt dóibh, bás ar chrann céasta.'

'Na háirseoirí!' arsa Mordacáí arís. 'Dá mbeadh…'

'Ná habair tada,' arsa fear na smige, 'tá siad ag faire ort.'

'Níl ansin ach cuid bheag den scéal,' arsa an saighdiúir, agus shiúil sé beagán i leataobh na slí, an scrolla á dhíriú aige ar bhurla eile a bhí laistiar de ar an talamh. Ba dheacair é a fheiscint ar tús, ach ba léire an cloigeann dearg a bhí smeartha le fuil thar aon rud eile. Na glúine lúbtha fiarthrasna ina dhiaidh sin ag gobadh aníos, na heasnacha nach mór ar fhis, an béal ar leathadh ag impí anála. Saighdiúir eile ar a chromada in aice leis, casúr ina lámh.

'An duine eile seo,' arsa an guth, arsa an saighdiúir, 'ní gadaí é seo in aon chor. Bheimis níos caoine leis dá mba nach raibh ann ach gnáthghadaí cosúil leis an mbeirt eile. Ní hea. Is ceannairceach é! Reibiliúnaí! Méirleach! Duine de na Séalótaigh! Duine den arm rúnda sin atá ag iarraidh an dlí a bhriseadh, ag iarraidh an reacht a chur de dhroim seoil. Atá ag iarraidh cur as don impire agus don impireacht. Fuarthas é agus claíomh ina ghlac. Fuarthas é mar tá lucht braite againn gach áit. Fuarthas é mar tá daoine in bhur measc a thuigeann nach dtiocfaidh deireadh leis an réim seo go brách! Gurb é seo an t-ord nádúrtha agus gur mairg don duine a shíleann gur féidir leis cur isteach air. Chuige sin atá dlí agus ceart na Róimhe á chur i bhfeidhm againn anseo go hoscailte inniu. Ar eagla go mbeadh an tuairim is lú ag aon duine agaibh amuigh ansin, aon duine den slua breá seo atá ag féachaint ar a bhfuil agus ar a mbeidh ar siúl, aon tuairim taca d'aon sórt, go fiú sa pholl is íochtaraí ina aigne, a thabhairt do na Séalótaigh seo, ná d'aon dream eile a leomhfadh cur in aghaidh an dlí, an reachta agus an chirt!'

Chas sé timpeall agus thug nod don saighdiúir a raibh an casúr ina lámh aige. Chonacthas an casúr ag teacht anuas ar lámh an fhir a bhí sínte ar an talamh. Ansin liú péine mar a chloisfí ó bhéist a ngearrfaí a scornach. Ardscread a réab trí chaille an chiúnais, iomad olagán ón slua. Deir daoine go bhfaca siad bolgán fola ag léim aníos as lámh an fhir, ach daoine eile a d'fhéach ar an talamh fúthu féin mar rogha.

'Na feillbhithiúnaigh!' arsa Mordacáí arís. 'Dá mbeadh…'

'Fuist!' arsa fear na smige. 'Ní tráth cainte é seo.'

Thaispeáin saighdiúir an chasúir an tairne don slua. Ceann mór fada dubh a raibh bior geal air a bhí ag glioscarnach faoin ngréin. Luasc san aer é. Ansin chuir an tairne ina sheasamh os cionn lámh eile an fhir, d'ardaigh an casúr agus bhuail anuas isteach go trom.

Gan choinne, lúb Íosa síos. Ba dhóbair dó titim. Greim

aige ar a lámh féin. É chomh mílítheach le gealacán uibhe.

Rug Mordacáí greim air.

'Cad tá ort?'

Sula raibh caoi aige freagra a thabhairt bhí an chros eile á hardú idir an dá cheann eile. Fuil ina stráicí ar an gceannairceach ar léir air gur déanadh céasadh air roimhe seo. A cheann ar leataobh ar a ghualainn, agus ar éigean an dé ann.

'Caithfimid imeacht as seo,' arsa Íosa, agus é cromtha síos mar a bheadh i bpéin go mór. 'Ní bealach ar bith é seo chun caitheamh le daoine.'

'Na sméirlí gránna!' arsa Mordacáí. 'Dá mbeadh…'

'Fainic a gcloisfí tú,' arsa fear na smige, 'coinnigh do chuid tuairimí agat féin go mbeidh tú imithe i bhfad ón láthair seo.'

Rud a dhein siad.

Thug an ceannasaí saighdiúra foláireamh dóibh fanacht agus na báis a bhreithniú i gceart. Ina dhiaidh sin, níor chuir sé aon stop leo imeacht nuair a thosnaigh siad ar chaolú leo. Duine ar dhuine i dtosach, ansin ina ngrúpaí beaga, ansin chomh tapaidh is a bhí ina gcosa. Is dócha gur shíl sé go raibh an ceacht buailte abhaile i dteannta na dtairní.

Níor fhéach Íosa ná Mordacáí siar i ndiaidh a gcúil ar an trí chros a dhorchaigh íor na spéire ná ar na truáin a bhí ar crochadh orthu ag saothrú an bháis le harraingeacha uafáis.

Níor labhair siad go dtí go raibh a fhios acu go raibh

an baile féin as radharc, fad na gcéadta urchar cloiche ón láthair.

'Na Séalótaigh seo,' arsa Mordacáí. 'Na ceannarcaigh, mar a thug sé orthu. Tá rud amháin cinnte. Beidh mise leo an dá luathacht is a bheidh an chaoi agam chuige.'

'Tú ró-óg,' arsa Íosa, 'tá an bheirt againn ró-óg aon chinneadh a dhéanamh fúinn féin.'

'Ach nach bhfaca tú ar tharla?'

'Chonaic, go soiléir.'

'Agus nach bhfuil a fhios agat go bhféadfadh an rud céanna tarlú duitse … mar fhear óg sa dúiche seo.'

Dhein Íosa gáire beag gairid, iarracht ar an ngomh a bhaint as an lá. 'Is túisce a tharlóidh sé duitse, an bealach a bhfuil tú ag caint.'

'Caithfear deireadh a chur leis seo, caithfear na Rómhánaigh a dhíbirt as an tír.'

'Beidh rómhánaigh i gcónaí farainn,' arsa Íosa go ciúin.

'Cén saghas baothchainte í sin,' arsa Mordacáí, agus iontas air a chiúine is a labhair Íosa. 'Nár chuala tú mar gheall ar na buanna móra a bhí againn cheana, na héachtaí cogaidh? Nár chuala tú faoi Iósua agus Gidéón, agus Samsón, agus an rí Dáibhí? An bhfuil tú ag rá nach bhféadfaimis a dhéanamh arís? An bhfuil tú ag rá go mbeidh na Rómhánaigh anseo go deo?'

'Dúirt mé "rómhánaigh", ní "na Rómhánaigh".'

'Tú ag dul sa mhuileann orm arís le do chuid pléiseam. Ná bactar do chuid tomhaiseanna. Caithfear iad a ruaigeadh, sin an méid. É sin, nó beimid go léir ar an gcrois. Ní neart go cur le chéile. Aon bhuille mór amháin a bhualadh, dá bhféadfadh, agus ba linn an lá.'

'Ní lobhann corp an chamaill in aon lá amháin,' arsa Íosa.

'Sin agat arís é,' agus tharlódh fearg a bheith ar Mhordacáí ach go raibh siad fós i bhfad ó bhaile agus nach bhfeadair sé cá raibh siad ag dul. 'Má bhuaileann tú an t-asal gach lá bí cinnte go dtabharfaidh sé cic duit lá is faide anonn. Is féidir liomsa labhairt sa dúchaint chomh maith leatsa, bíodh go bhfuil an ceann sin soiléir go maith.'

'Maidir leis an asal céanna,' arsa Íosa, 'tugtar faoi deara go bhfuil ceithre chos faoi, ach ní thig leis gluaiseacht ach san aon treo amháin.'

'Sin é é! Sinne na máistrí. Tabharfaimidne an treo agus an treoir dó, agus is mar sin a rachaidh sé.'

'B'fhéidir nach chun a leasa an treo sin, b'fhéidir gur fearr an t-eolas atá aige féin, istigh ina chroí fairsing, seachas in aigne an mháistir.'

'Thug Dia lámh láidir dúinn ionas go bhféadfaimis leas a bhaint aisti.'

'Ní mhúchann tine an tine.'

'Tá oiread céille leis sin agus a rá nach múchann uisce an t-uisce.'

Lean siad orthu mar sin riamh is choíche gur tuigeadh dóibh go raibh siad i mball nár ghabh siad tríd cheana. Ar a laghad ar bith bhíodar tamall maith ó láthair an chéasta.

'Cá bhfuilimid ag dul?' d'fhiafraigh Mordacáí go macánta.

'Abhaile,' arsa Íosa, 'táimid ag dul abhaile. Tá go leor feicthe againn don turas seo. Ní beag do gach lá a chuid oilc féin.'

'An bhfuil mórán mílte le dul?'

'Ma fhiafraíonn tú cén fad atá le dul, ní thiocfaidh deireadh le do chuid taistil go deo.'

'Cibé méid mílte atá le dul,' arsa Mordacáí, 'má tá deireadh déanta againn, tógaimis an cóngar.'

'Ach níl aon chóngar ann,' arsa Íosa, straois bheag ar imill a bhéil, 'sin é a fhad is a ghiorracht.'

III

Lá dá raibh roimhe sin, d'iarr Muire air an seomra cúil a ghlanadh. Rud a rinne sé go fonnmhar. B'eo leis ag sciúradh agus ag sciomradh ar a dhícheall. Ach ar chúis éigin, d'fhág sé dramhaíl caite sa chúinne, amhail is go raibh leisce air an gnó a chríochnú go slachtmhar siar amach.

Bhí alltacht áirithe ar Mhuire.

'Cén fáth gur fhág tú an phraiseach seo domsa sa chúinne?' d'fhiafraigh sí, agus ní gan chúis.

Ba mheasa fós go raibh lucha istigh sa tuí a bhí fágtha sa chúinne don asal nuair a bheadh sé ina ghá, agus ba dhóbair do Mhuire titim i bhfanntais nuair a sciuird siad amach. Murar thit, lig sí scread. Nuair a thug sí faoi Íosa arís, ní dúirt sé ach 'Ní hé mo ghnósa go mbeadh gach rud néata mar is mian le daoine,' agus d'imigh an doras amach.

Baineadh geit as Seosamh nuair a dhorchaigh an raibí Gileád an doras lá go raibh Íosa imithe. Ní hé go raibh aon chol aige leis, ach níor thuig sé a chuid paidreacha gan chríoch, agus a chuid searmanas a bhí ag cur thar fóir le mistéir. Fear praiticiúil ba ea é, agus bhí ceird na leabhar lasmuigh dá raon cumais mar a chreid sé go daingean, is mar adúirt sé gan chríoch. Fágtar lucht eagna agus tuisceana san áit ba dhual dóibh.

Bhí cuma leathchúthail ar an raibí, rud nár dhual dó.

'Cad tá uait an t-am seo?' arsa Seosamh, óir bhí trealamh cheana déanta aige i gcomhair na sionagóige. Ní le seanbhlas adúirt, ach toisc go raibh mearbhall air. Ní raibh sé ag súil le cuairt mar seo.

'Tada, dáiríre,' arsa an raibí Gileád leis, 'ach gur mhaith liom labhairt leat faoi do mhac.'

Chuir seo an sceimhle trasna ar Sheosamh, óir níor cheap sé riamh, dá olcas is mar a bhí Íosa mar shaor adhmaid, agus dá mhéid ama is a chaith sé amuigh ar an tsráid leis na buachaillí eile, níor dhóigh leis go bhféadfadh sé a bheith in aon trioblóid mhór ina gcaithfeadh sé é a chosaint.

Is fíor go raibh cuimhne aige ar an am gur dhreap sé in airde ar an gcrann fígí. Stoith sé na fígí anuas is scaip ar na daoine ba bhoichte sa bhaile iad.

'Ghoid sé na fígí,' arsa maor an bhaile, 'is ógchiontóir é.

Caithfidh sé seirbhís phianóis a dhéanamh mar chúiteamh. Bliain sa Léigiún. Bliain amuigh sa bhfásach. Bliain ag troid ar son an impire nuair a thiocfaidh sé in aois.'

Chosain Íosa é féin go líofa.

'Níor le haon duine an crann fígí sin,' ar seisean. 'Is ar thalamh an phobail a bhí sé ag fás. Ach ba chuma sin. Is leis an talamh agus leis an aer agus leis an ngrian an crann fígí. Ní bhaineann an crann fígí le duine ar bith. Baineann leis an saol. Is linn go léir an crann fígí. Is leo nach bhfuil crann fígí ina n-aice an crann fígí. Is leis an duine fad a ritheann an crann fígí. Má bhíonn orm seirbhís a chaitheamh in arm an Impire, cuirfidh mé crainn fígí gach áit a gcuirfidh mé cos ar talamh.'

Dúirt an maor go raibh sé dea-labhartha agus briatharghlic. Maitheadh a chionta dó. Go doicheallach.

'B'fhéidir go ndéanfadh sé abhcóide maith,' arsa an maor le Seosamh. 'Is maith mar atá sé in ann áiteamh a dhéanamh. Ar chuimhnigh tú riamh é a chur chun na Róimhe? Tá óráidithe den scoth ansin a mhúinfeadh reitric dó. Lucht oidhreachta Chicearó. Bheadh sé in ann glóire na himpireachta a chur os ard leis an mbéal bán líofa atá aige. Thiocfadh dó a bheith ina sheanadóir fós dá sealbhódh sé an Laidin.'

Chúb Seosamh chuige féin.

'Ní maith liom an Laidin,' ar seisean, go lom. 'Ní maith le haon duine anseo timpeall í. Chuala mé codanna di ó na saighdiúirí nuair a bhíos ag obair leo. Tá sí oiriúnach dóibh siúd. Teanga thirim í. Cosúil leis na scamhacháin adhmaid atá agamsa. Níl a fhios agam an mbeadh aon spéis ag mo mhac ina leithéid. Samhlaím gur teanga í a chéasfadh daoine ar chrois. Cén fáth a mbeadh aon drannadh ag mac liomsa léi?' Dá mbeadh a fhios ag Seosamh gurbh iad sin smaointe Íosa féin agus é ar a shiúlta leis, chuirfeadh sé gliondar croí air.

'Ach mar sin féin,' arsa an maor, 'nach dtiocfadh sé áiseach dó? Níor cheart dó a choinneal a choimeád faoi bhéal árthaigh.'

Shruthlaigh na smaointe trí intinn Sheosaimh. Ar chóir dó bóthar a mhic a chosc? Cérbh é le constaic a chur lena rogha gairm? An raibh a fhios aige cad a bhí uaidh? An raibh a fhios aige féin?

Níor chuir sin aon stop le cabaireacht an bhaile. Níor stuanaigh cairde Sheosaimh ar chomhairle a chur air.

'Tá sé go maith ag caint, ceart go leor,' arsa Vaistí, cara le Muire.

'Ach a ndeireann sé rud ar bith?' d'fhiafraigh Salómae.

'Déanfaidh sé fear dlí maith,' arsa Rizpeá, gan amhras.

'Fear dlí agus binse,' arsa Ráchael.

'B'fhearr dó a ghob a choimeád dúnta mar sin,' arsa Máire an mhargaidh, a thuig an saol.

Is chuige sin a bhí an raibí, nach gcoinneodh sé a bhéal dúnta.

'Cad tá i gceist agat?' a d'fhiafraigh Seosamh, lándáiríre, óir ní raibh aon fhonn cabaireachta sa bhreis air.

'Tá eolas aige ar na scrioptúir,' arsa an raibí, 'níl aon amhras faoi sin. Ach tá a leagan féin aige orthu. Ní mian leis éisteacht le haon duine againne. Cheapfá go raibh a aigne féin aige. Ach mar is eol dúinn, níl a aigne féin ag aon duine. Níl d'aigne ag duine ar bith ach an rud a theagasctar dó.'

'Is maith mar a thuigim, nó nach dtuigim é sin,' arsa Seosamh, 'táim ag iarraidh é a thabhairt le ceird an adhmaid ó saolaíodh é, agus tá ag teip orm. Is róchuma liom cad a dhéanfaidh mé, tá's agam nach le hadhmad a rachaidh sé. Rinne mé é a theagasc. Ní teagasc é, ach rud eile ar fad.'

Thuig Seosamh nach raibh aon ní a cheannódh sé dó a thabharfadh ar bhóthar an dlí é. Cad a gheobhadh sé dó? Cleite? Scálaí meáchana? Macasamhail éadaí seanadóra? Ba chúis ghrinn dó a leithéid.

Fós féin, bhí rud éigin ag dó na geirbe ag an raibí.

'Is iad na scéalta a bhíonn aige,' ar seisean, arsa an raibí le Seosamh, 'ní scéalta ó na scrioptúir iad. Cuireann siad mearbhall orainn, is gach duine eile trí chéile.'

'Is minic go ndeir sé nithe nach dtuigim féin,' arsa Seosamh, 'ach eachtraigh leat.'

'Féach, tá na blianta fada caite againne ag léamh na scríbhinní beannaithe,' arsa an raibí, 'ach uaireanta deir sé nithe nach bhfuil fáil orthu i leabhar ar bith. Mé go díreach ag fiafraí an mbíonn tusa nó do bhean chaoin ag insint scéalta dó?'

Bhain seo geit níos mó fós as Seosamh. Níor réitigh sé leis, an tslí a raibh an chaint seo ag craobhú.

'Cén saghas scéalta?'

'Tá's agat, scéalta traidisiúnta, scéalta seanchais, nithe

a d'airigh sibh féin? Tá's agaibh…' Agus dhein sé moilliú fad is a bhí úll na slogaide á chóiriú ar ais aige. 'Tá's agat, scéalta nach mbeadh iomlán … mar adéarfá … de réir cheart an chreidimh … scéalta a bhí agaibh sular déanadh Giúdaigh chearta díbh.'

Leis seo, bhí Seosamh ar tí a phléascaithe, óir bhí sé ag dul róphearsanta ina theaghlach féin. B'fhéidir, amhras á chaitheamh orthu.

'Scaoil sampla chugam,' arsa Seosamh, mar bhí mearbhall fós air cad é a bhí i gceist ag an bhfear isteach.

'Bhuel,' agus b'fhéidir go raibh leisce ar an raibí an iomad a rá fós, agus gan aon tsiúráil aige ar conas a ghlacfaí leis, 'bhíomar ag caint lá ar dhuine de na hardsagairt sa teampall i Siúnaem, agus conas mar a chaith sé a shaol ag moladh Dé. Á mholadh lena sheanmóintí, lena chuid salm, lena theagasc naofa, ach ó tháinig an aois air agus gur chaill sé a ghuth nach mór go raibh sé trí chéile mar nach bhféadfadh sé Dia a mholadh níos mó. Bhí an cheist sin á plé againn, conas ab fhearr a bhféadfadh sé Dia a mholadh, nuair adúirt Íosa go mear, "B'fhéidir go bhféadfadh sé a bhéal a dhúnadh mar gheall air". Bhain sin siar asainn ar fad. Déarfainn féin go raibh sin dalba.'

'Nó macánta,' arsa Seosamh, mar bhí tuairim aige nach dtaitneodh an duine seo leis. In aon chor.

'Agus ansin d'inis sé an scéal seo dúinn chomh maith,' agus dúirt sé an méid sin gan ligean d'fhocail Sheosaimh cur as dó beag ná mór. 'Faoi mar is cuimhin liom é, ar aon nós. "Bhí buachaill óg, mac leis an ardsagart a

rugadh san ardteampall. Chaith sé a shaol timpeall
ar na scrollaí beannaithe, timpeall ar an ealaín b'áille,
timpeall ar na déantúsáin naofa sa teampall ba ghreanta
is b'aoibhne dá raibh ar an saol mór fairsing. Rinneadh
é seo mar theastaigh óna mhuintir go bhfaigheadh sé
oiliúint san áit b'iontaí dá bhféadfadh na hailtirí agus an
t-aos dána a cheapadh. Lá amháin nuair a bhí sé seacht
mbliana d'aois tugadh amach as láthair an teampaill é.
Chonaic sé daoine ag siúl, éadaí aisteacha orthu, an féar
ag fás, asail ag gángarnach, guthanna an domhain mhóir
á bhféachaint le chéile. "'Nach leamh marbhánta an baile
agam féin i gcomparáid leis seo!'" d'éigh sé leis na ballaí
a bhí timpeall air." Cheapamar féin gur ag caitheamh
masla leis an teampall a bhí sé, rud nach maith linn.'

'Ní fheicim aon locht air sin,' arsa Seosamh, 'déarfainn
féin an rud céanna dá mbeinn faoi ghlas.'

'Agus bhí sé níos dalba fós nuair a fiafraíodh de conas
a tharla léamh na scrioptúr a bheith chomh líofa sin aige,
mar tá sé oilte go maith sa teanga againn féin agus san
Eabhrais chlasaiceach thraidisiúnta chomh maith. Chuir
sin trí chéile ar chuid againn mar ní cuimhin le haon
duine againn é a theagasc, agus tá's againn go bhfuil tusa
agus do bhean chaoin gan léamh ná scríobh.'

Scaoil Seosamh an masla sin thart, óir níor mhasla
dáiríre dó a bhí ann. Ní raibh sé neamhchosúil le muintir
an bhaile, iad go léir beagnach, seachas iad siúd sa
tsionagóig arb é a gcúram léamh agus scríobh a bheith
acu. Fós féin, bhí sé mórálach as Íosagán, mórálach as an

dúil a thuiscint féin a leanacht, in ainneoin nár réitigh sé leis sin ar fad.

'Agus an bhfuil a fhios agat cad dúirt sé nuair a fiafraíodh de conas a tharla é a bheith chomh hoilte i léamh na scrioptúr?'

'N'fheadar ná níl a fhios agam,' arsa Seosamh, 'ní rabhas ann.'

'Dúirt sé, "toisc gan aon mhúinteoir a bheith agam!" Anois duit!

'Nuair a chuathas níos déine air, ní dúirt sé ach, "Féach leat an abhainn. Gabhann soir is siar. Gabhann fiarlánach amscaí. Gabhann de réir an uisce atá ann is a bhfuil ar a bruach. Ach fós sroicheann an fharraige i ndeireadh a haistir."'

Ba chuimhin le Seosamh nithe aisteacha adúirt Íosagán thall is abhus. Níor mhinic sin mórán comhrá eatarthu seachas ar chúrsaí an lae, ach anois is arís gan choinne gan iarraidh deireadh sé rud éigin a bhaineadh biongadh as. B'í Muire a bhí ag iarraidh labhairt leis mar gheall ar an tsionagóig, mar ba mhó an tsuim a bhí aici siúd ann ná é féin.

D'fhiafraigh sí de cad a shíl sé de na scríobhaithe sa tsionagóig óir bhí mórán cloiste aici ina dtaobh.

'Och,' arsa Íosagán, 'níl aon anáil san anam acu.'

Agus b'fhéidir ar an ócáid chéanna, nó uair éigin eile, ní raibh sé cinnte de, 'An bhfuil a fhios agat,' ar seisean, 'd'fhiafraigh mé de dhuine díobh cé acu scéal de na scéalta sa Talmud is mó a thaitin leis, agus is é adúirt sé liom, "cén bhaint atá ag taitneamh leis an scéal?"'

Sin é an fáth go raibh faoiseamh thar meán air nuair a d'imigh Gileád an doras amach leis an rabhadh aisteach.

'Bí ag faire ar an mbuachaill sin,' ar seisean. 'Ní haon chríoch mhaith a bheidh air, mise á rá leat.'

B'í an chríoch sin ba chás leis, gan amhras. Bhí an t-am ag teannadh leis. É ag dul sna fir, mar Íosagán. É mar nós ag a mhuintir féin é sin a chomharthú le bronntanas. Bronntanas a dhaingneodh dóibh cérbh é féin, agus a bheadh ina lóchrann dó sna blianta a bhí roimhe amach.

Muna raibh sé le bheith ina shaor adhmaid, cén bóthar a bheadh roimhe? É ina raibí, ina shagart sa tsionagóig? Dá mb'fhíor do Ghileád, bhí amhras cheana air. É ró-neamhspleách. É ró-bhéalghlic. Deir daoine sa bhaile go ndéanfadh sé scéalaí maith. Is fíor go raibh a scéalta féin aige, scéalta nár airigh aon duine cheana, ach ní raibh mórán teacht isteach ina leithéid. Bheadh air Gréigis nó Laidin a fhoghlaim le dul ar aghaidh sa tsaol, le hobair a fháil sna mórchathracha. Ní hé nárbh fhéidir leis sin a dhéanamh ach cur chuige, ach ba dheacair dó é a shamhlú sna hallaí bána ag caint leis na ríthe ach an oiread le dul ó aonach go haonach ag reic scéalta agus ag lorg éisteachta.

Is cinnte nach ndéanfadh sé marcach camaill! 'Draíodóir' adeir roinnt eile tar éis dó oiread sin cleas a nochtadh. Ach lasmuigh den aon eachtra amháin sin, níor bhac sé le fiú féachaint ar dhraíodóirí eile a thaobhaigh an baile. Aoire caorach? Ba mhó a shuim aige sna gabhair, is cosúil.

Luadh ailtireacht leis, tógáil foirgneamh? É le bheith ina ealaíontóir? Ina fhile? Bhí bochtaineacht agus bochtaineacht ann. Ina abhcóide? Bhí a fhios aige nach bhféadfadh sé áiteamh ar son na héagóra. An raibh aon ghairm sa saol nár luadh leis?

Bhí sé féin sásta é a fhágaint faoi Dhia.

Níorbh aon chabhair í Muire. Í ag tathant air de shíor ligean dó. Go bhfionnfadh sé a chonair féin. Go raibh a raibh i ndán dó i ndán dó, agus níorbh eol do dhuine ar bith seachas Dia é féin cén chonair í sin.

Níorbh aon iontas iad a bheith crosta agus borb leis nuair a d'fhill sé tar éis a shiúlta.

'Cá raibh tú uainn? Bhíomar cráite! Shíleamar go raibh tú marbh! Gur sciob duine éigin tú! Go raibh olc déanta ag an mbithiúnach sin Mordacáí ort! Gur chuaigh tú ar seachrán! Ag dul ag spaisteoireacht adúirt tú. Cad a bhí ar bun agat i gcuntais Dia na glóire?'

Bhí na deora le Muire, Seosamh ag féachaint ar an mballa le mearbhall go doshásta.

'Cad tá déanta agat orainn, a mhic,' arsa Muire. 'Féach, bhí mise is d'athair go buartha ar do lorg. Chuardaíomar dóigh is andóigh is tuairisc ní bhfuaireamar ort.'

'Cad chuige a rabhabhair ar mo lorg?' arsa Íosa. 'Go deimhin adeirim libh, nach raibh a fhios agaibh nach foláir mé bheith ag gluaiseacht?'

Agus nuair nár thuigeadar cad a bhí i gceist aige

mhínigh sé dóibh: 'Uaireanta feiceann an ghealach rudaí nach léir don ghrian,' agus nuair a chuir sin breis mearbhaill orthu d'inis sé an tsolaoid shimplí seo dóibh.

'Bhí loch beag ann aon uair amháin agus éisc ann. Ba mhian leis na hiascairí na héisc a thógáil as an loch. Shíl cuid de na héisc fanacht ann agus snámh timpeall go mear chun éalaithe ó líonta na n-iascairí, ach bhí fuar acu. Rugadh orthu luath nó mall. Bhí éisc eile ann a chonaic é seo, agus lig siad orthu go raibh siad marbh. Shnámh siad is a mbolg in airde ar chuma nárbh fhiú iad a thógáil. Ach bhí na hiascairí níos cliste ná sin agus thóg isteach ina líonta iad. Ach bhí an tríú saghas éisc ann a chonaic go raibh sruthán beag ag sníomh amach chun na farraige móire agus is amhlaidh gur ghluais siad an sruthán sin amach gur shroich siad muir mhór fhairsing an tsaoil. Is ann atá siad fós ag scaipeadh is ag síolrú agus ag déanamh na nithe is dual don iasc a dhéanamh.'

Mura raibh siad sásta leis an scéal sin ach an oiread ní dúirt siad pioc. Áthas thar meán a bhí orthu go raibh sé ar ais i mbroinn an teaghlaigh go fiú is mura raibh a fhios acu cad ba chóir dóibh a dhéanamh leis.

Shíl siad go raibh athrú tagtha air. Uaireanta níos ciúine ann féin. Uaireanta eile shuíodh sé ansin gan focal as, amhail is go raibh machnamh mór faoina chroí á dhéanamh aige. Chuir seo imní orthu, leis, óir bhí scéalta cloiste acu mar gheall ar bhuachaillí dá aois féin ar athraigh a ngnúis is a meon ag an am seo. Cuid acu a chuaigh ar mire. Cuid eile ar seachrán. Cuid eile fós a d'imigh leo ón mbaile agus nach bhfacthas arís iad. Ar a laghad bhí fillte aige.

Sin é an fáth a raibh sé chomh riachtanach é a shocrú, bóthar a thaispeáint dó, rud éigin a chomharthódh cá raibh sé ag dul agus é ar bhruach dul sna fir.

Dhá lá roimh chothrom lae breithe Íosa, d'imigh Seosamh.

'Cá bhfuil sé imithe?' d'fhiafraigh Íosa dá mháthair.

'Beidh sé ar ais,' arsa Muire, óir bhí a fhios aici ina croí istigh go raibh sé imithe chun feidhil a dhéanamh i ngnó a mhic. Bhí sé riamh mar sin. Ní dúirt sé smid, ach léigh sí an ciúnas go cruinn. Bhí eolas aici air, mar a bhí aici ar bhealaí a hÍosagáin chomh maith, go fiú is gur chuir siad as di go minic. Tuiscint a croí a bhí ann, seachas tuiscint na meabhrach.

Bhí an ceart aici.

Bhí Seosamh imithe go dtí an baile mór. B'éigean dó sin a dhéanamh, b'fhéidir gurbh ann a gheobhadh sé smaoineamh. Bhí gleithearán agus broid agus cur trí chéile i gcónaí sa bhaile mór murab ionann agus Nazarat, áit a raibh aithne aige ar bheagnach gach aon duine. Agus gach aon duine air.

B'iad na stainníní agus na botha beaga a bhí uaidh. Na mílte daoine ag siúl thart ag díol is ag ceannach, ag déanamh margaí le chéile, ag argóint, ag sioscadh, ag iompar earraí, á bhfágáil síos, á n-ardach arís agus ina measc na marsantaigh dáiríre, na cneámhairí, lucht pócaí a phiocadh, lucht cleas is cluaine, lucht malartaithe airgid, mná a mbeadh amhras agat orthu, fir ar mhó fós an t-amhras a bheadh agat orthu siúd. Boird agus cláir agus láithreáin oibre agus gach duine ag béiceach nó ag blaidhriúch nó ag eascainí go lách lena chéile.

Chonaic sé saor oibre ag obair leis. Shíl sé go raibh sé féin ar a laghad chomh maith leis, ach níor theastaigh uaidh a bheith rómhórálach as féin. Bhí cliabhán déanta aige a bhí amscaí go maith, dar leis. Dá ndéanfaí a luascadh is mó an seans a bheadh ann go músclódh sé leanbh ná a chur a chodladh. Agus chuimhnigh sé ar an gcliabhán a bhí ag Íosagán nuair a rugadh é. Máinséar garbh a raibh boladh na mbó uaidh agus tuí ann a chuirfeadh cigilt id chluasa.

Dhéanadh sé féin cliabháin chomh maith, ach b'annamh é. Dhéanfadh ceann álainn ealaíonta dá mba rud é gur saolaíodh deirfiúr d'Íosagán. Nár mhilis an smaoineamh é! Deirfiúr d'Íoságán! Cad a thabharfaí uirthi? Náóimí nó Sárá nó Marta nó Iúidit nó Muire féin? Ach bhí a fhios aige nach raibh sin i ndán dóibh agus ba bhaoth an smaoineamh é.

Mar sin féin, agus a lá breithe mór ag teannadh leis, níorbh fholáir leis smaoineamh siar ar na laethanta míorúilteacha sin. An turas fada léanmhar go Beithil, Muire ar an asal, agus cosa an asail ag tabhairt uathu. An baile plódaithe agus gan áit le fáil chun codlata a dhéanamh in ainneoin go raibh uain Mhuire tagtha agus an t-am tagtha chun a clann a chur di. An fear cineálta a thug an scioból nó an stábla dóibh. Ba chosúla le pluais é dingthe isteach faoi bhéal carraige.

Ansin, an bhreith féin. Na pianta a d'fhág gan feidhm é, an saolú mall dian, an tuiscint nach raibh aon mhaith sa duine fireann ag an bpointe sin. An bhean chabhrach a tháinig gan choinne is a d'imigh gan troigh gan tuairisc. Í ar nós aingil a thuirling ón spéir. Muire is an leanbh ina hucht. Leanbh fireann a raibh scamhóga breátha láidre aige agus é toilteanach leas a bhaint astu go fiata le fáilte.

Ansin na laethanta téarnaimh ina dhiaidh sin. Ní raibh mórán maitheasa leis féin, ach é ag tabhairt aire don asal, agus ag deimhniú go raibh Muire agus an leanbh teolaí tirim compordach. Súil amach aige ar eagla na heagla.

Níor ghá dó. Na haoirí caorach a tháinig dúirt siad leis gur chuala siad an leanbh ag gol agus gur tháinig siad féachaint an raibh sé ceart go leor. Ba dheacair dó an méid sin a chreidiúint mar b'anuas ón sliabh a tháinig siad agus bhí géimneach na bó ar a laghad chomh láidir le screadach an linbh. Mar sin féin thug siad bia agus deoch leo agus ba ghéar a raibh siad ina ngá. Bhí leisce air féin dul isteach don bhaile ar eagla go dtarlódh aon rud don bhean is don leanbh.

B'aite fós na fir a tháinig ina dhiaidh sin. Iad ar chamaill. Triúr acu. Iad gléasta go maith ar nós daoine a cheannódh troscán ar luach ard. Dá mbeadh custaiméirí mar sin aige bheadh a chaipín déanta go furasta aige. Caint aisteach acu, agus gan an teanga, nó smearacháil den teanga ach ag duine amháin díobh, agus an méid sin briotach go maith. Ní go róshoiléir a thuig sé cad a bhí á rá acu. Rud éigin ar nós gur lean siad réalta anoir agus gur stad sé san áit seo agus gur comhartha de shaghas éigin a bhí ann. Cibé ní faoi sin, bhí siad thar a bheith ceanúil ar an leanbh.

Lig Muire dóibh é a ardú agus é a chur go faichilleach ó dhuine go duine. Bhí siad ag féachaint go caoin air agus á láimhsiú go cúramach. Ina theannta sin, d'fhág siad bronntanais aige nach raibh sé cinnte cén mhaith a bhí iontu, ach go raibh siad buíoch díobh. Tháinig na bronntanais áiseach dóibh, an t-ór go háirithe, nuair gurbh éigean dóibh teicheadh ina dhiaidh sin ar a gcoimeád. Bhí gá riamh le síneadh láimhe a thabhairt, le breab a thabhairt, le pasáiste a íoc.

Ní dúirt Muire mórán na laethanta sin. Is í a bhí tógtha suas leis an leanbh, lena nÍosagán. Fairis sin, bhí tuirse uirthi, ní nach ionadh agus ba ghá di a neart a chothú arís sula dtabharfaidís aghaidh ar an mbaile. Ba bheag an chuimhne a bhí acu nach bhfeicfeadh siad an baile go ceann tamaill eile fós.

Bhí aon rud amháin adúirt sí, áfach, go raibh cuimhne ghléineach aige air. Ba le duine de na fir anoir é, an duine a raibh a gcaint aige. Faoin am sin bhí siad cúpla lá ina bhfochair agus gan aon chuma orthu go raibh siad réidh chun gluaiste arís.

Bhí an fear ag féachaint go grinn ar Íosagán, ag cabaireacht leis ina chanúint féin, agus shíl sé go raibh nach mór ar tí é a chroitheadh. Mar a dhéanfá le bosca chun rud éigin a shuathadh as. Ansin dúirt sé rud éigin ar nós, níor chuimhin leis na focail go beacht, ach ar nós gur thángadar an tslí seo go léir le leanbh a fheiceáil a d'fhuasclódh fadhbanna, rúndiamhra an tsaoil, dóibh, agus níl againn anseo, ar seisean, 'ach leanbh a dhéanann gol agus gáire.'

'Ach nach leor iad sin de rúndiamhra an tsaoil,' arsa Muire, 'an gol agus an gáire?'

Chuir sin ina dtost iad agus níorbh fhada a d'fhan siad ina dhiaidh sin.

B'in iad na laethanta meala gan aon bhréag. B'fhearr leis gan cuimhneamh ar na drochlaethanta ina dhiaidh sin, an turas contúirteach chun na hÉigipte, na gadaithe fan na slí, an easpa fáilte a cuireadh rompu mar dhídeanaithe, an tslí go raibh daoine gan bhróga riamh ag caitheamh anuas ar dhaoine gan chosa. Ach d'imigh sin, agus tháinig laethanta meala eile an bhaile i Nazarat leis an mbuachaill aoibhinn álainn éagsúil seo dá gcuid, a nÍosagán féin, ag fás sa ghaois is sa tuiscint, ach mearbhall go brách air féin cad á dhéanfaí leis, nó cad é a bhí i ndán dó.

Chuige sin a shiúil sé an margadh. Duine ar bith ní raibh aige le comhairle a chur air. Ba bheag rud anseo nach bhféadfadh sé a dhéanamh é féin, nó neachtar acu, nach raibh le fáil ina bhaile féin in aice láimhe.

Is ansin a chuimhnigh sé ar phaidir a rá, paidir bheag óna chroí amach, paidir chun Dé, paidir a d'iarr treoir maidir le cén bronntanas nó féirín a gheobhadh sé dá mhac a bhí ag fágáil aois an linbh ina dhiaidh agus ag tabhairt aghaidh ar an saol mór gan cheird, gan oiliúint, gan ghairm, gan bhóthar, gan chosán.

B'iad na paidreacha simplí ab fhearr is ba dhírí. Bhí a fhios aige go bhfaigheadh sé freagra, óir má tháinig sé ó íochtar an chroí amach ní dhiúltódh Dia dó. Níor dhein riamh.

Chuir sin spreang ina chosa agus ghluais sé níos éadroime ná riamh. Gan choinne chonaic sé go leor nithe a d'fhéadfadh a bheith áiseach. Chonaic sé pictiúr de charabhán camall réidh chun imeachta ina shuí faoi bhun crainn almóine. Níor smaoinigh siad riamh, abair, go rachadh sé le marsantachas, le díol is le ceannach. Tar éis an tsaoil bhí dúil aige sa taisteal, mar a léirigh sé go binn le déanaí. Bhíodh a chloigeann agus a mheabhair in áiteanna eile go minic. Ach fastaím! Ní fhéadfadh sé camall a cheannach, ní raibh aon aithne aige ar na daoine a ghluaisfeadh ó thír go tír, agus ar aon nós ba léire a chuimhne ar an drochmheas a bhíodh aige ar airgead nuair a bhíodh sé féin ag comhaireamh na mbonn sa bhaile. Ba mhinic go bhfaca sé a mhac ag dul an doras amach nuair a bhíodh aon phlé le hairgead, agus tháinig sé air lá amháin agus a lámha á nglanadh aige tar éis dó dorn seicilí a chur trína mhéara.

Tháinig sé amach ar na lánaí cúnga a bhí ag casadh is ag lúbadh isteach ina chéile taobh thiar den mhargadh. Chonaic sé cairt laistigh de chlós agus damh ullamh chun é a tharraingt áit éigin, gíoscán uaidh mar a bhí gíoscán ó gach cairt riamh. Fígí á dtiormú ar dhoras a chuir poll ascaille an duine i gcuimhne dó. Gáire ar an ngaoth ó chailín in áit éigin, gáire ar nós scaird uisce ag teacht amach ó fhuarán le binneas. Cailín eile ag dul thar bráid, ciseán fíonchaora á iompar go slachtmhar ar a cloigeann aici. Gal ó chlocha na sráide mar a bheadh ar bhulóga aráin amach as an oigheann. Fear ina shuí ar leac a dhorais, féasóg fhada ar nós abhann ag sileadh uaidh, é á slíocadh amhail is go músclódh sin an mheabhair ina bhlaosc laistigh.

Sea! Bhí gach sórt ruda agus duine anseo, ach fós ag dul de an rud a bhí uaidh a fháil.

Is ansin a chuala sé an fhuaim ón taobh istigh. Bothán beag ar shiúl an lána. Fuaim bhog nárbh eol dó cad a bhí ann. Gáire ó dhaoine agus cleitearnach de shaghas éigin. Chuaigh sé isteach. D'aithin sé go raibh sé san áit cheart láithreach.

Tháinig sé ar ais abhaile chomh mear is a d'fhéadfadh. Dhún doras a sheomra oibre, agus chuir faoi ghlas.

An mhaidin dár gcionn, ghlaoigh sé isteach ar Íosa.

'A mhic, a Íosagáin,' ar seisean, 'tá's agat go bhfuil grá mór domhain agam duit. Tá's agat go bhfuilim chun do leasa, cé nach dtuigim tú i gcónaí. Theastaigh uaim bronntanas faoi leith a cheannach duit ar an lá speisialta seo. Tuigim nach bhfuil aon spéis agat sa cheird agam féin, agus is mór an briseadh dúile sin dom ar uaire. Ach is tusa tú féin, agus cheapas go bhfaighinn rud éigin duit a bheadh ina threoraí duit ar an mbóthar amach anseo … féadfaidh tú labhairt leis, agus eisean labhairt leatsa.'

Leis sin, bhain sé an brat den bhosca beag sa chúinne agus shín chuige é.

Bhí cleitearnach bheag sa tseomra, ar a laghad. B'fhéidir fuaim eile nach eol dúinn. Fuaim nár airigh aon duine ach Íosa é féin.

Leath a shúile ar Íosa, agus ba dhóbair do na deora a shúile a líonadh. Chuir sé a lámha isteach agus thóg amach go muirneach grámhar é.

'Cá bhfuair tú é? Cad a thug tú air?' d'fhiafraigh Íosa.

'Thuirling chugam as an aer, mar adéarfá,' arsa Seosamh, agus rinne faiteadh súile le Muire, a thuig níos fearr.

Bhí an colm socair i lámha an linbh, i mbaclainn an fhir óig. Colm geal ildaite ag durdáil agus ag crónán óna chroí amach. Dathanna an tsaoil air, dathanna nach raibh aon ainm ag an saol orthu.

Nuair a scaoil sé leis, d'eitil timpeall os cionn a chloiginn agus thuirling ansin ar a ghualainn. Shíl Seosamh agus Muire gur ag cur cogar ina chluas a bhí sé. Thóg Íosa arís é agus las a cholainn.

'Ní scaoilfidh mé leis an gcolm seo a choíche ná go brách,' arsa Íosa leo, 'beidh sé mar pháirtí agam go lá mo bháis, agus ina dhiaidh.'